メディアワークス文庫

Missing5
目隠しの物語

甲田学人

目　次

序章
めかくしいろ　17

一章
たたりいろ　31

二章
とびおりいろ　68

三章
もふくいろ　107

四章
あくむいろ　152

五章
らくがきいろ　205

六章
いかいいろ　270

終章
かみかくしいろ　330

いつだったかの事。

武巳《たけみ》が文芸部に提出した短編小説が、初めて皆の話題になった。

いつに無く騒然となった講評会。亜紀《あき》などはその中で、このような感想を述べた。呆《あき》れとも戦慄ともつかない、今まで見た事の無い表情で。

「いやさあ…………普通こんなの思い付かないし、思い付いても書かないでしょ。私さ、いま生まれて初めて、近藤《こんどう》に感心してる」

「ぜったい褒めて無いよな!?　それ……!?」

亜紀をしてそう言わしめた武巳の小説。その内容は、「〝コックリさん〟をして呪われて十円玉が指先にくっついて取れなくなった男が、指先に十円玉をくっつけたまま生きるために便利な使い方が無いかとあれこれ模索し、紆余《うよ》曲折《きょくせつ》の末に、悪い金持ちの高級車に十円キズを付ける謎のヒーローになる話」だった。

「凄《すご》い」

「馬鹿すぎて凄い」

「一周回って凄い」

「最初からオチまで何でそうなるのか意味が分からない」

「頭が悪すぎて他の瑕疵《かし》が一切気にならない」

寄せられたのは、そんな感想の数々。

自分でも出来が良くないと思ってはいた。締め切り日を忘れ、気が付くと構想も無いまま前日になっていて、必死にアイデアらしきものを捻《ひね》り出《だ》し、夜を徹して半ば忘我の状態で書き上げたものだったからだ。

そもそも武巳は全く注目されていない凡百の部員で、功名心や向上心といったものもそれほど無いので、いつものように普通にダメ出しされるか、他の作品に埋もれて流されるだろうと軽い気持ちで思っていた。だがまさかの大注目。罵倒なのか褒めているのか判《わか》らない講評が先輩からも後輩からも殺到。亜紀は先の通り。いつも武巳の作品の良《よ》いところ探しをしてくれる稜子《りょうこ》も、講評会では笑い過ぎて、武巳の講評が終わるまで、机に突っ伏して震えるだけの置物と化していた。

講評が終わり、いつもの仲間だけになってから、ようやく針の筵《むしろ》から解放された武巳は、肩を落として言った。

「サボった挙句に泥縄で書いたのは確かにおれが悪かったけどさ……まさかこんな事になるとは思わなかった……」

「まあまあ、わたしは面白いと思ったよ」

そんな武巳を、稜子が慰める。

「あの、具体的に感想を言えって言われると、ちょっと困るけど……」

「いいよ別に……」

無理なフォローが、武巳にはかえって痛い。そもそも稜子はずっと笑い転げていた。それが純粋に内容で笑ってくれているのなら嬉《うれ》しいのかも知れないが、その笑いには明らかに、書いた人間に対する笑いが色濃く加味されている。

そうしていると、いきなり亜紀が言った。

「恭《きょう》の字はどう思った？」

「何でわざわざ陛下に訊《き》くのさ⁉」

よりによって空目《うつめ》に話を振るというその強力な嫌がらせに、武巳は悲鳴を上げた。

「テーマが〝コックリさん〟だから、恭の字も興味があるかと思って」

「嘘《うそ》だよな、それ⁉」

しれっと言う亜紀に、武巳が抗議する。だがその抗議も、できれば放っておいて欲しいという武巳の願いも虚《むな》しく、この文芸部における最大の理屈屋である空目が、この駄作の感想に参戦した。

「理解し難《がた》い」

「……」

一言で言われて、武巳はテーブルに突っ伏した。

「だが興味深い点がある」

「……‼」

武巳はテーブルから顔を上げた。

「どこ？　どんな点が？」

空目に興味を持って貰《もら》えたと、喜色を浮かべて訊《たず》ねる。その問いに空目は、武巳を真正面から見据えて、答えた。

「この、〝コックリさん〟に失敗すると十円玉が指から離れなくなるという代償は、どこから出て来た話なんだろうな？」

武巳は再びテーブルに突っ伏した。

「それ、俺の作品じゃなくて〝コックリさん〟の興味じゃん……」

「そうだが？」

特に悪びれる事も無く、淡々と答える空目。亜紀が吹き出して口を押さえたので、武巳が恨めし気に見る。亜紀が顔を逸《そ》らす。

「まあまあ……」

稜子が苦笑しながら、二人を宥《なだ》める。

そして話題を逸らす助け舟を出そうとして、空目に言う。

「そういえば、〝コックリさん〟にはタブーがいっぱいあって、それを破ると大変な事になるんだよね？」

「そう言われているな」

空目が頷《うなず》く。

「ローカルルールが多くあって一概には言えないが――――絶対に中断してはならない、何があっても硬貨から指を離してはならない、必ず霊が帰る事に同意してから終わらせる、使った硬貨は早めに使うなどして手放さなければならない、などが代表的だな」

「あ、どれも聞いた事あるよ」

空目の説明に、稜子も身を乗り出して言う。

「そうしないと、〝コックリさん〟に呪われる、って」

「ああ。その呪いとされている現象の、バリエーションの一つに、『硬貨が指から離れなくなる』がある」

そう、空目。

「近藤がテーマにしたものだ」

「言及しなくていいから……！」

突っ伏したままの武巳の叫び。

「個人的には、この硬貨を使い、硬貨に呪いが宿る、というのが独特で、興味を持っている。海外の〝コックリさん〟にはあまり見られない形式だ」

その武巳の叫びには反応せず、空目は続けた。

「どうして硬貨を使うようになったのかは判らない。だがおそらく、〝霊〟というものに対する〝穢《けが》れ〟の意識が関係すると考えている。〝こっくりさん〟は、一般的にはその辺りに存在する霊を呼び出す儀式だとされている。ならば硬貨は依代だ。という事は、依代である十円玉には死者の〝穢れ〟が宿るという認識である、と解釈するのが自然だろう。そんな〝穢れ〟の付着した物体は、さっさと手放して、他の人間に押し付ける、というのは発想として道理だ。神社の賽銭《さいせん》のようなものだな。あれは願い事をする代金ではなく金銭に〝穢れ〟を宿して投げる事で、心身を清めるために行う。日本には各地に〝銭洗い〟をする寺社があるが、これも同じように銭に宿った不浄を洗い流す事で福銭に変えるという風習で、この福銭は使わずに取っておく事を考えると、ちょうど真逆という事になって、理屈として符合するな。

日本では、〝穢れ〟と金銭が切っても切り離せない関係にある。おそらくそれが、霊を呼び出す儀式である日本の〝コックリさん〟に、硬貨が使われる事になった、経緯と理由に関係するのではないかと思う。その上で、その呪いの結果として指に硬貨がくっついて離れなくなるというのも興味深いと思っている。童話や昔話には、高価なものなどに不当に触れる事で、それがくっついて離れなくなるというモチーフの話が結構ある。その殆《ほとん》どが〝強欲の報い〟としてそうなる訳だが、罪に対する報いとしてそれが離れなくなるというのは、割と普遍的な考えなのだろうか？」

最初は稜子への説明だったが、空目の話はだんだんと自分の思考を纏《まと》める独り言めいたものに変わって行った。それでも大したもので、その言葉は皆に聞かせるだけの力を持っているらしく、稜子も、亜紀も、それから突っ伏していた武巳も、その考察を興味深く、静聴する事になった。

関心なさそうなのは、村神《むらかみ》くらいだ。

この神社の息子は、自分の家の家業も含めた神秘的なもの全般に、興味を示さない。その割にはそこそこ知識がある様子なのを、亜紀などは不思議がっている。宗教に興味が無いのに本人が宗教家のようにストイックなのも、「皮肉というか何というか」と亜紀は感想を述べている。

その村神が、ふと口を開いた。

「……俺も〝コックリさん〟には、不思議に思ってる事があるんだがな」

ぼそりと発されたその疑問の言葉に、皆が注目した。

こういう話題に村神が加わるのは、珍しい。今のこの会話の中心人物になっている稜子が、村神に訊ねた。

「なに？　村神クン」

「〝コックリさん〟というか、やってる奴らについて不思議なんだがな、どうして呼び出した見ず知らずの霊なんかに、自分の恋愛の相談をするんだ？」

「え？」

その村神の問い。稜子も亜紀も武巳も、ぽかんとした顔をした。

「二、三回、うちの神社に〝コックリさん〟をやった小中学生の相談が持ち込まれた事があるんだが、その手の話を聞くとだいたい誰が誰を好きかとか、そういう相談をしてる。それもだいたい女子だ。どうしてなんだ？」

村神は、女子である稜子に、そして亜紀に聞く。

亜紀は早々に眉を顰《しか》めて、「知らないよ」と回答を投げ出した。

「私ゃ〝恋のおまじない〟なんかしたがる連中の気持ちは解《わか》んないね。〝コックリさん〟なんて不気味なもんまで〝恋のおまじない〟に見えるくらい、頭がおかしくなってるって事じゃないの？」

ばっさり言い捨てる。

そして、

「稜子はどうよ、何でか解る？」

そう稜子に振った。

「うーん……」

稜子は考える。とは言え稜子にも、その辺りはよく分からなかった。

「わたしもそういうの、やった事ないからなあ……」

なので稜子は、仕方なく、申し訳なさそうに答えた。

「そうなんだ？」

「うん。〝コックリさん〟も、〝恋のおまじない〟とかも、一回もやった事ない。する機会がなかったから。意外？」

「ちょっとだけ意外。少なくとも小学校の頃は、周りの〝普通の〟連中は、だいたい何かそういうのやってたって印象だから」

亜紀は答える。あはは、と稜子は笑った。

「まあ、わたしには必要なかったかな」

「モテてたって事？」

少し皮肉気に亜紀。

「そ、そういうのじゃ無いよ」

慌てて手を振る稜子。ちら、とつい武巳の方を見てしまった。

何も気付いてない様子で、稜子達の話を興味深そうに聞いている武巳の顔を見て、稜子は心の中で思った。

だって、

誰かに好きになって欲しいから、おまじないが必要なのだ。多分。

誰かを好きでいたい時には、おまじないなんて、必要ない。

西洋における「ウィジャ盤」「プランシェット」、日本においては「コックリさん」などの名で呼ばれるこの一連の儀式は、単なる『占い』と高度な『交霊術』双方の側面を持つ、実に手軽かつ曖昧な位置付けにあるオカルト儀式である。この儀式は心霊学的には霊魂との交信手段であり、自動書記などの延長線上にある一方、科学的には無意識の筋肉運動がもたらす現象だとして一応の決着がつけられている。

心霊学、科学、占学など、この儀式は全ての研究分野から意に介されていない。

だが、あえて筆者はこれを『魔術』の範疇《はんちゅう》に含めたいと思う。

何故《なぜ》なら、これらの儀式は〝自らの無意識とコンタクトする手段〟であるからだ。これらの儀式を通じて自己の無意識と接する事は――――この「コックリさん」が実に他愛の無いものだとしても――――魔術の求める命題の一つである事は間違いないからだ。魔術儀式における『天使』や『悪魔』がそうであるように、この「コックリさん」も何らかの〝高位の存在〟を設定しているなどと共通項も多い。こうした『交霊術』は単純化した魔術儀式か、あるいは魔術の零落した姿なのではないかと想像する事もできる。

――――大迫栄一郎《おおさこえいいちろう》『オカルト』

コックリさんは禁止。

——＊＊県立＊＊高等学校、校則より

序章　めかくしいろ

その少女は、たった一人、廊下を歩いていた。

壁に手を突き、その冷たい感触に触れながら、人気の無い廊下を壁に沿って、よたよたと少女は歩いていた。


……………ふーっ、ふーっ……


少女の息は、ひどく荒い。

緊張によるものだ。静かなその廊下で、くぐもった呼吸の音が、張り詰めた空気を、微《かす》かに震わせている。

しがみ付くように細い吊《つ》り橋《ばし》を渡っているかのように、壁に張り付いて、歩く。

顔と壁が近い。伸ばした髪が壁に擦れて、ちりちりと微かな音を立て、微かな感触を頭皮に伝えている。

少女の緊張は本物だ。顔色は血の気が引いて真っ白だった。長いスカートが脚に絡み付いて見えるほど、足元が危ない。

明らかに様子がおかしかった。

だがそれは気分が悪いなどといった、そういった普通の理由では無かった。

病気でも怪我《けが》でも無い。見ただけで判る。その少女の不審は、体調などの内的要因とは明らかに別のところにある。

そう。見れば判るのだ。

少女の両目は——一本の布で、きつく覆われていた。

少女は目隠しをして、建物の中を歩いていた。

目隠しをしたまま、ふらつきながら、廊下を歩いていたのだ。

視界は一切利かない。目も耳もしっかりと覆われ、見えず、聞こえず、感じるのは自身の息遣いと、激しい心臓の鼓動ばかり。そして乱れた髪が、頬に、額に、触れる。自慢の髪が台無しだ。しかし少女は構わなかった。

少女は一つの恐怖に捕らわれて、ひたすらに前へと進んでいたのだ。それ以外の事など、今の少女には、最早《もはや》どうでもよかった。

ふーっ……………ふーっ……

掠《かす》れて、くぐもった音。

自分の呼吸が、布に塞がれた耳の中で、いっぱいに響く。

ごおごおと、耳の中の空気が鳴っていた。自分の呼吸と、心臓と、体の中を血液が流れる音が、耳の奥で鳴動する空気の中に、激しく響き渡っていた。

「…………」

少女は無言だ。無言のまま、目隠しに覆われた闇の中で、壁伝いに廊下を進む。

そして階段に辿《たど》り着《つ》く。一歩先に奈落があるかのように、爪先で床を確かめて、少女は段差に足をかける。足に触れる段差と、建物について知っている知識が、この場所がどこであるかを少女に告げる。少女は、自分の歩いているこの場所を、良く知っていた。

ここは学校だった。

三号校舎の、西側の階段。

二年も通い、もうすっかり見慣れてしまった、自分の通う高校。飽きるほど見て、知り尽くして、歩き尽くした、そんな場所だった。

記憶の中に景色を思い浮かべる事ができるほど、知り尽くした場所。

その筈《はず》だった。しかし目隠しによって、いま世界は無になっていた。

見知った景色は隠されて、その壁も床も天井も一切、何も見る事はできなかった。広がっているのはただひたすらに盲目の闇。それによって失われた境界と、それから全身の感覚を、くまなく覆っている、非現実感。

その中を、何も見えないままに少女は進んでいた。

壁に手を突き、足で段差を探りながら、記憶と感覚だけを頼りに、階段を上がっていた。導かれるように、いや、追い立てられるように、足を進める。恐怖に竦《すく》みながら、しかしさらに巨大な焦りに突き動かされて、少女は見るからに危険な歩調で、それでも階段を上がり続ける。

その時、

「！」

進めた足が、がくん、と段差を踏み外した。

爪先が段差を踏み抜き、床を見失って、階段に倒れ込むように転んで、腕を、脛《すね》を、ひどく段差の角に打ち付けた。

「……うう……」

痛い。あまりの痛みに涙が出る。

だが漏らした小さな悲鳴は盲目の闇に、滲《にじ》んだ涙は目隠しの布に、それぞれ吸われて、消えてしまう。
誰も気付かない。
ここには誰も居ない。
しかし、少女は感じていた。
目隠し色の闇の中、少女を追う気配が、確かにひしひしと、迫って来ているのだ。
「うう……！」
怯《おび》えるように、少女は立ち上がる。
痛む足を必死で動かし、半ば這《は》うようにして、再び階段を上がる。
目隠し布に塞がれ、周囲から隔絶した耳の中に、確かにその音は響いている。

――――ひた、ひた……

それは小さな足音。
ごおごおと唸《うな》る、塞がった耳の中で、小さな子供の足音が、ゆっくりと。
近付いて来る。それはこの世のものではあり得なかった。
その気配も足音も。
何故ならそれは――――その気配も、足音も、存在も、目隠しによって作り出された闇の中にのみ、存在しているのだ。

目隠しで塞がれた目と耳だけが、それを知覚できるのだ。

目隠しの世界のモノが、ひしひしと少女に近付いて来る。

「ううう…………！」

少女は逃げていた。つまずきながら必死で階段を上り、這《は》い上《あ》がり、足をもつれさせて、踊り場に転がった。

そして二階へ、三階へ。

その少女を追って、小さな足音が、階段を上って来る。


――――ひた、ひた……


足音。

そして確実に、背中へと歩み寄る子供の気配。

少女は逃げた。逃げながら自分を責めて、呪っていた。


あんな事、しなければ良かった…………！

そう心の中で叫びながら、少女は必死で階段を這い上がっていた。

これは――――今ここで起こっている事の全ては、何もかも自分のせいなのだ。

自分が、あんな事をしたからだった。

自分に、こんな力があるからだった。

自分に〝霊感〟がある事が、この全ての不幸の元凶なのだ。そう、そして自分は力を持つ者として、この事態に責任を取らなくてはならなかった。

こんなものを〝この世〟に呼び込んだ事に対して。

そして自分の持つ、異能の能力に対して。

責任を取って、終わらせる。

終わらせなければいけない。少女の中に、感情が満ちていた。

恐怖と自責。

緊張と興奮。

目蓋の裏の暗闇の中、少女は必死で自分を追う足音から逃れ、さらなる上の階を目指して、這い上がって行く。

逃げる。

上へ。上へ。

あの足音に捕まっては、全てがお終《しま》いになるのだ。

――ひた、ひた……


遙《はる》か下から、上がってくる足音。

小さな、小さな、その足音。

目隠しによる盲目状態では、自分の足元の下は、奈落の底のように感じた。近付く足音と、今にも転げ落ちて行きそうな恐怖から逃れて、三階を過ぎ、四階へ達した。

そして五階。最上階。

少女は冷たい床に這いつくばり、大きく手を這わせて、壁の位置を探る。

指先が壁に触れ、見付けた壁に手を突いた。立ち上がって壁を伝い、指が壁よりも硬く冷たい物に触れて、ようやくそれを見付け出した。


五階の、大窓。


しがみ付いた。窓に手を這わせる。手は硝子《ガラス》を撫《な》で、ざらざらとした金属製の枠を伝い、やがて枠に取り付けられた、レバー式の窓の鍵に触れる。

固く閉じられた鍵に、震える両手の指をかけた。そして思い切り力を込め、レバーを引いて鍵を外し、大窓を押し開けた。

錆《さ》びかけの金属が擦れる音。

開け放たれる、窓。

ぶわ、と少女の全身を、外の匂いのする風が嬲《なぶ》った。空へと、窓の外へと吸い出されそうな感覚に、少女は一瞬、思わずその身を竦ませた。

目隠しをした自分の、すぐ目の前に虚空がある。

平衡感を失えば、途端にそのまま自分の身体《からだ》は外へと、死へと、投げ出される。

感覚的な恐怖が、少女を躊躇《ためら》わせた。だが同時に、えも言われぬ興奮と陶酔が、少女の胸の中に広がっていった。

自分の〝能力〟に、責任を。

他人には無い能力を持ってしまった人間の、使命を。

果たさなければならない。

そう。

自らの死をもって、全てを終わらせるのだ。

ここから飛び出して、この異常な事件に完全に終止符を打つのだ。

少女は窓から身を乗り出す。だが盲目と虚空の二重の恐怖が、本能的に、少女の身体を踏《ふ》み止《とど》まらせる。

「…………！」

逡巡《しゅんじゅん》する。

だが、その逡巡も、長く続ける事はできなかった。

目と耳を覆っている暗闇に、それを告げる音が、もう聞こえて来たのだ。

——ひた、ひた、ひた、ひた、

来た。

足音が。速度を増していた。

まるで置いて行かれた子供のように。

タイルを踏む子供靴の音。それがもう、すぐ後ろの階段まで。

——ひた、ひた、ひた、ひた、

迫っていた。

確実に、少女を追っていた。

そして足音は、とうとう階段を上り切った。

足音が、踊り場で止まった。

――――ひた。

「…………………………」

沈黙。

背後に、小さな気配が息づいていた。

少女は息をするのも忘れ、硬直してその場に立ち尽くした。まるで少女を見据えるかのような、子供の気配を背後に立たせてだ。

「………………」

目隠しによって作られた闇の中に、その子供の形をした気配が、佇《たたず》む。

少女の目の前にだけ存在する、仮初の闇の中に。

子供が、立っている。

それは小さな、男の子。

見える訳では無い。だが後ろに立つその姿は、その気配の姿は、何故だろうか、ありありと知覚できた。

判る。

子供の姿は、異常だった。

男の子の両目は、目隠しによって固く塞がれていた。

異常に、固く、強く。痛ましいほどに強く、顔に布が喰《く》い込んでいる。

判る。

だがその痛ましい目隠しの布の下に見える小さな口元に、とても楽しそうに、無邪気な笑いを浮かべている事も。

凄惨とも言える仕打ちに、その無邪気な笑いはあまりにも調和を欠いている。

自分のされている事を理解していない、そんな笑い。

毛穴が縮むような不気味さが、少女の背筋を駆け上がった。

「…………!!」

今まで恐怖を麻痺《まひ》させていた、興奮と陶酔が、一瞬で吹き飛んだ。

少女はその時、自分の相手にしているものが、本当に恐ろしいモノである事に、ようやく気が付いた。

気が付いた。

だが、もう遅かった。

子供は笑った。

塞がれた耳の中の闇に、その声は、はっきりと、不気味に響いた。

――――くすくすくす……

途端、笑い声に呼び集められたように、闇の中に、何か動くモノの気配が涌《わ》いた。

目隠しの暗闇の彼方《かなた》から。無数に。重く。確かに。そしてそれら無数の気配はずるずると不確かに蠢《うごめ》き、子供を中心にして群れ集まって、幾重にも幾重にも、少女の居る場所の周囲を取り囲み始めた。

擦り寄る気配が。

呼吸し、這いずる、肉の気配が。

男の子の気配が。近付いて来る。そしてゆっくりと、手を伸ばして来る。

そして――――

ひた。

触れた。濡《ぬ》れたように冷たい、手の感触が。

それが体に触れた途端、おぞましい寒気が、少女の肌を一斉に撫《な》で上《あ》げた。

「ひ――――!」

悲鳴を上げかかった喉を恐怖が握り潰した。本物の後悔が心臓を鷲掴《わしづか》みにする。
よろめくようにして少女は後ずさった。逃げようと。だがその背後には壁があり、大窓があり、虚空があり、そして――――

*

パトカーと救急車の来訪が、その日の昼休みの学校を騒がせた。
その二年生の飛び降り自殺は、それから少し遅れて、ざわめきとなって、生徒達の間へと伝わって行った。

一章　たたりいろ

1

そこは暗く、締め切られた部屋だった。

近藤武巳が見守る中、

「……点《つ》けるよ？」

と少女の声がして、小さな明かりが灯《とも》ると同時に、マッチの燃える香りが立ち上った。

薄闇の中、橙色《だいだいいろ》のマッチの火は、一本の蠟燭《ろうそく》に移される。中央で燃え上がったその明かりに照らされて、五人ぶんの影が、大きく壁に浮かび上がる。

「…………」

揺れる明かりに、ぼんやりと広い空間が照らし出された。

見慣れている筈の部屋も、こうして見ると、不思議な景色だ。

ここは放課後の空き教室。

その広い教室の真ん中で、武巳は四人の少女と共に、一本の蠟燭を囲んでいる。

窓は厚いカーテンに覆われていて、明かりは蠟燭の小さな灯火だけだ。小刻みに揺れるオレンジ色の明かりに、寄宿舎学校風の内装が、否が応にも雰囲気を煽《あお》る。

壁を装飾する凹凸が、濃い陰影を作り出す。

机、椅子、棚、教卓など、ありとあらゆる調度と内装が、周囲一面に悪魔めいた影を織り上げて、ある種、異次元的とも言える空間を作り出す。

その只中《ただなか》に、武巳は居る。

中央の長机に小皿が置かれ、その上に一本の蠟燭が立ち、そして机の両側に合わせて五人が座って、それぞれ神妙な顔をしていた。

武巳の対面には、三人の少女が居た。

真ん中には長い髪の、その左には眼鏡をかけた、右側には髪を後ろで括《くく》った少女が、静かに並んで座っている。

真ん中の子は、雪村月子《ゆきむらつきこ》という。

眼鏡の子は、中市久美子《なかいちくみこ》。

髪を括った子は、森居多絵《もりいたえ》。

それぞれの名前を武巳は、頭の中で反芻《はんすう》する。

「……」

武巳は彼女達と会ってから、まだ一日も経《た》っていなかった。

にも拘《かかわ》らず、このような席に着く事になって、正直武巳は困惑していた。

教室の様子も、目の前の三人の様子も、あまり普通とは言えない。三人は一様に沈んだ色調の服を着て、一様に静かな表情。しかし落ち着いた表情とは裏腹に、三人の気配は密《ひそ》やかな緊張と興奮に包まれていた。あえて例えるなら、儀式めいた表情だ。

否。表情だけではなく、確かにこの場には、儀式的な雰囲気が満ちていた。

何が始まるのか？　武巳は微かな不安に駆られて、自分の隣に座る少女に目をやった。

その武巳の視線に気付くと、日下部《くさかべ》稜子は、ちょっと困ったような曖昧な笑いを浮かべて武巳に応えた。ここに連れて来たのは稜子なのだが。これには武巳も引《ひ》き攣《つ》った微妙な苦笑いを浮かべるしか無い。

そんな完全に戸惑い気味の武巳達に向かって、真ん中に居る長い髪の少女が、おもむろに口を開いて言った。

「……いい？　じゃあ、準備しましょう」

三人の少女は頷き合い、それぞれ持ち寄った道具を、机の上に広げた。

まず一本の赤いクレヨンが置かれ、次に鉢巻のような細長い布が置かれて。そして——

最後にあいうえおの五十音が書かれた紙が広げられた時に、武巳はようやく、この集まりの目的に気が付いた。

「じゃあ、始めましょう」

真ん中の少女が、厳かに宣言した。

そして〈儀式〉は、始められた。

2

武巳がこんな所にいる理由は、昨日の話になる。

「――あ、武巳クン？」


その日、一限が終わって教室を出た途端、武巳は突然横手から声をかけられた。

「ん？」

その声に応えて、武巳はそちらを振り返った。誰かくらいは声で判る。鞄《かばん》を片手に見た先には、思った通り、稜子が満面の笑顔で近寄って来ていた。

稜子も武巳と同じように、教室移動用のバッグを抱えていた。

次の授業は、確か同じだった筈だ。

「おはよー、武巳クン」

「……あ、うん、おはよ」

「あはは、まだ眠いねえ」

「………そだなー」

武巳と稜子は、そう他愛の無い挨拶を交わした。そうして並んで歩き始める。

それは実に普通の会話だったが、たったこれだけの事が、実は大きな変化だった。二学期が始まったばかりの頃は、単なる日常の会話すらままならなかった。武巳が妙に稜子を意識してしまっていたせいで。

「……」

聖創《せいそう》学院大付属高校は、新学期を迎えていた。

夏休みが終わり、二学期になって、そろそろ二週間が過ぎようとしていた。

始業式には滅多に着ない制服を着て、夏休みを引きずっていた生徒もすっかり学校の感覚を取り戻し、実力テストに一喜一憂して、そしてまた平坦《へいたん》な高校生活が始まっていた。二学期が生徒達の中に浸透して行き、今はもう、九月も半ば。

あれほど色濃かった夏も、翳《かげ》れば記憶からは薄れて行く。

やや過ごしやすくなった気候を当然のように受け入れて、生徒達は生活し始めていた。猛暑も、テストの結果も、過ぎてしまえばどうという事も無いものだった。また、日常が始まっていた。凡人である武巳もまた、もちろんその例には漏れない。

休み明けのテストと、その結果という平和なドサクサに紛れて、いつしか武巳も他の生徒と同じように夏休みを忘れて行った。学校生活に埋没する事は、学校という環境に馴染《なじ》める人間にとっては、精神安定の助けになる。

学校にせよ会社にせよ、それは日常でありながら実は非日常に属するものだ。勉強や仕事に追われていれば、その間に日常の問題は忘れられる。

自分を含めて、皆の意識が試験へと向かって行った。

そうして武巳にとって、夏休みの記憶は少しだけ遠いものになった。

学校生活に追われて、知らず知らずのうちに武巳は慣れた。

この日常の歪《ゆが》みに――――つまり身近な人間との、記憶と感情の、その齟齬《そご》にだ。

それは、消されたいた稜子の、記憶。

あの夏休みの、あの事件のさなかに、武巳は稜子から『告白』を受け、そして直後にその記憶が〝黒服〟の手によって稜子の中から消されてしまったのだ。

稜子の想《おも》いに気付いていなかった分、武巳の衝撃は大きかった。

そして知ってしまってからは、稜子があまりにも近しい存在だったため、稜子の動作の一つ一つが気になって、意識してしまって、仕方が無くなったのだ。

稜子の事が好きでは無い、と言えば、嘘になる。

だが、いまさら露骨な恋愛感情を持ち込むには、武巳にとって稜子は関係が近すぎた。

一番の友達と言っていい相手に、それを口にするのは、気まずいし、照れ臭いし、何よりも怖かった。間違えると何もかもが壊れる。引き換えになどできなかった。

そんな稜子からの、告白。

そしてそれが、無かった事になっている。

意識すればするほど、しないようにすればするほど、稜子と同じ場所に居るのが居心地悪くなった。平静を保とうとしたが、そんな技術は武巳には無い。そうなると意識的にそれとなく稜子を避けるようになっていたし、それは敏感に稜子に伝わったらしく、しばらくのあいだ関係は妙にぎくしゃくしたものになっていった。

それでも何とか元通りに振舞えるようになったのは、テストのおかげだ。

そのまま状況が進んで致命的な事になる前に、二人とも試験に追われて、何となくうやむやになってしまった。

試験という密度の高い時間を挟んだおかげで、武巳の意識も落ち着いた。

それが、また結論を先送りしただけなのだとしても、武巳としては有難《ありがた》かった。

ともあれ――――そんな状況で武巳と稜子が、二限目の教室に居た時の事だ。

授業開始前、この現代文の授業で恒例となっている漢字テストの予習をしていると、その二人の席へと、一人の少女が、おずおずとした様子で近寄って来たのだ。

少女はそう長い訳でも無い髪を、後ろでまとめて括っていた。

見るからに大人しそう、というよりも、本人の内向的な性格が、そうと判るくらい表情と動作に出ている子だった。

控えめに胸の辺りで手を振っている。武巳の知らない顔だ。

となると答えは一つだった。案の定、稜子が少女に向かって手を上げ、その控えめな挨拶に応えた。

「……」

稜子が気付いたのを確認してから、少女は気弱げな笑顔を浮かべてやって来た。

そんな少女に、稜子はにこやかに声をかける。

「おはよ、多絵ちゃん」

「おはよ……」

多絵と呼ばれた少女は、教室の喧騒《けんそう》にかき消されそうな声でそう言った。そしてしばらく時間が止まったように、黙ったまま、そこに立っていた。

稜子に用があるらしかった。

何か言いたげな、しかし話し辛《づら》そうな、そんな風情だ。

自分に関係なさそうだったので、武巳は黙って問題集に目を戻した。沈黙と、何かを言いたそうな気配が、そちらを見なくても、ありありと感じられた。

「ん……と」

「うん？　なに？」

「……あの……」

度を越した内気さだが、稜子は普通に相手をしている。

「どうしたの？　多絵ちゃん」

「あ……あのね、稜子ちゃん。えーと、お願いがあるんだけど………今日の放課後、予定は無い？　あの、予定、空いてる……？」

多絵はようやく、そう言った。そしてそこまで言うと、稜子の反応を見るように、いちど口をつぐんで、それから言い訳するように聞き取れない何かを口の中で呟《つぶや》いた。

「今日の放課後？」

だが稜子は気にする様子も無く、少し考える。そして、

「えーっと……特に外せない用事は無い、かな？」

「！」

稜子がそう答えると、多絵は途端に、ほっ、と安心したように、話を続けた。

「……そ、それなら、お願いがあるんだけど………」

「うん？」

「あのね、今日、月子さん達と、ちょっと実験みたいな事をするの。それで……五人、必要なんだけど、あの、人数が足りなくて……」

言いながらも多絵の言葉はだんだん不明瞭になり、もごもごと口の中に消えていった。どうにもはっきりしない子だ。だが稜子の平然とした対応を見る限り、普段からこんな感じの子であるらしい。

「あの……それで……」

「お手伝いが要るんだ？」

稜子が途切れた言葉を稜子が補うと、多絵は頷いた。要するに放課後に何かするので、稜子に手伝って欲しいという事らしかった。

脇で話を聞きながら、武巳は呆れるというより感心する。

これだけの事を伝えるのに随分と時間がかかったものだ。内向的にも程がある。

ここまで小心だと本人は注目される事すら嫌かも知れないが、これほどの反応だと、逆に印象が強かった。人が怖くて言葉が不明瞭になる。挙動も怪しい。それらのせいで、かえって目立つ。面白いなあと武巳は思った。学校のように人が集まるとたまにいるタイプだが、至近で見るのは初めてだ。こういう変わった人を見るのが武巳は好きだった。

稜子が訊ねる。

「手伝いって、何をするの？」

「あ……ん……あのね、実験みたいな……」

「実験？」

「ん…………月子さんが……詳しい事は秘密だって…………」

言う事が曖昧だ。どうやら本人もよく知らないらしかった。

それにはさすがの稜子も困った様子になる。

「秘密って言われてもな……」

「あ……」

そう言ったところで、多絵と武巳の目が合った。別に殊更に見るつもりは無かったのだが、話を聞いているうちに、意識せずそちらに注目していたのだった。

「……！」

さっ、と多絵が目を逸らした。武巳は苦笑いした。

気付いた稜子も苦笑を浮かべる。そして急に居心地悪そうにし始めた多絵に、稜子は改めて話を向けた。

「月子ちゃんって事は、いつもの三人組なんだよね？」

確認する。

「う……うん……」

「五人必要なんだっけ？」

黙って頷く多絵。

「もう一人は決まってるの？」

今度は首を横に振る。

「そう……」

そこまで聞いて、稜子は難しい顔になる。話の流れからすると、まだ一人足りないという事だろうか。と武巳が思った次の瞬間、稜子は急に友達の相談を受ける顔から、何かの名案を思い付いた少女の顔になった。そして何を思ったか、稜子はそれまでと一転して楽しそうな笑顔を浮かべて、多絵にこう訊ねた。

「ね、それって、女の子じゃなきゃ駄目？」

「え……？」

戸惑った顔になる多絵。

だが同じくらい戸惑ったのは、横で聞いている武巳だった。

「おい、もしかして……」

嫌な予感がして稜子に声をかけると、それに応えて満面の笑顔が返って来た。やはりと言うか不安が的中して、武巳の表情が思わず少し引き攣った。

予想していなかった展開になっていた。

つまり稜子は、内容も判らない〝それ〟に、武巳を付き合わせようとしているのだ。

「駄目？」

「いや、駄目っていうかさ……」

微かな不安を覗《のぞ》かせて訊ねて来る稜子に、武巳はさらに戸惑った。夏休み前ならきっと気にも留めなかっただろう、稜子の微かな表情の変化に。

困って、多絵の方を見る。

「あ……」

多絵は困惑した表情で、後ろに視線を向けた。

その視線の先には二人の少女が居て、武巳達の方を見ていた。髪の長い、大人びた雰囲気の少女と、もう一人は眼鏡をかけた少女だ。

ずっとこちらを見ていたらしい。

多分、そのどちらかが〝月子さん〟なのだろう。

多絵と二人の少女との力関係が一目で窺《うかが》えて、武巳としては少しだけ引っかかった。多絵は小走りに二人の所へ行って、何か相談を始めた。

その様子を横目で見ながら、武巳は稜子に言う。

「あのさ……」

「ん？」

「今の何？　てゆーか、おれは何に参加させられるの？」

それを聞くと、稜子は悪戯《いたずら》っぽく笑って首を傾《かし》げた。

「……さあ？」

「こら」

「えーと……あ、でも多絵ちゃんはよく知ってる子だし、大丈夫だと思うよ？」

何が大丈夫なのか知らないが、そう稜子は請け負った。もちろん信用できない。武巳が不安に駆られていると、それを感じ取ったのか稜子が先に白状する。

「────本当はね、多絵ちゃんは仲いいけど、後の二人はよく知らないの」

「おい……」

「あの三人はいつも一緒にいるから、話しくらいはした事あるんだけど…………それでね、多絵ちゃんの頼みは聞いてあげたいんだけど、ちょっとだけ不安で」

そこから先は、武巳にも予想できた。

「えっとね、だから────成り行きで勝手なこと言ってごめんね、って感じなんだけど、付き合ってくれたら嬉しいな、って。もちろん多絵ちゃん達がそれで良くて、武巳クンもそれで良かったら、なんだけど……」

「ええ……」

やはりそうだった。またも予想通りの言葉と、そして上目遣いで手を合わせる稜子を前にして、武巳は何も言えなくなる。

断れる訳が無いのだった。

悪戯っぽい、気安い、無茶振り。その中に隠されている、今までは気が付かなかった、自分への好意。

そこに多絵が戻って来て、状況にとどめを刺した。

「……あの、男の子でも、いいって、月子さんが……」

「…………」

溜息《ためいき》を吐いた武巳へ、稜子が小さく謝った。

「……ごめんね？」

済まなそうに。

そして少しだけ、嬉しそうだった。

3

すでに〈儀式〉は始まっていた。

「───それでは、今から始める〈儀式〉について説明します」

武巳が息を呑《の》む中、薄暗闇に点《とも》る蠟燭の明かりを前に、長い髪の少女――雪村月子は、不思議な威厳を含んだ声で、そう告げた。

「…………」

釣り込まれるように、無言で一同が頷く。

それを確認して、月子も皆へと頷き返す。

ぼんやりとした、それでいて炎の強さを持った光に、月子の美貌が浮かんだ。月子は上品な目鼻立ちで、ひどく大人びた雰囲気を持っていた。その口から、はっきりとした美声で、流れるような言葉が紡ぎ出されている。それはこの儀式場の雰囲気とも相まって、不可思議な説得力を醸し出している。

ゆったりとした、それでいて有無を言わさない雰囲気。

名前の通り、月のように静かで、同時に圧倒的な存在感だ。

「まず皆さんに知っておいて欲しいのは、この〈儀式〉は、とある〝霊〟を喚《よ》び出すためのものだという事です」

一同の沈黙の中で、そう月子は言った。

「この霊の名前は――――〝そうじさま〟といいます」

「……」

そうじさま？　耳慣れない言葉だ。掃除、相似、総司、様々な漢字が頭の中で当《あ》て嵌《は》められるが、どれが正しいのかは判らない。

「〝そうじさま〟は小さな男の子の霊で、この学校に棲《す》んでいます」

その間にも、月子の話は進む。

「〝そうじさま〟はこの学校の生徒の守護霊で、普通の人には見えないけれど、いつでも私達聖学付属の生徒と一緒に生活しています。だから〝そうじさま〟は、学校や生徒の事を何でも知っています。きちんとした手順で喚び出せば、生徒の知りたい事に答えてくれたり、時には願いを叶《かな》えてくれるのです」

「……」

初めて聞く話だ。興味はある。

「その〝そうじさま〟を喚び出して、質問をしたり願い事をする手順というのが、今から私達が行おうとしている〝そうじさま〟の儀式です」

なるほど、そういう学校の怪談とかおまじないの話は、武巳も好きだ。だが月子が語っている様子は徐々に神懸かり始めていて、怪談というよりも、設定とか妄想を聞かされているような気分になっていた。

武巳はすでに、来たのを後悔しかけている。

だが今更、リタイアできるような雰囲気でも無くなっていた。

机の上へ広げられた、五十音と数字、そして『はい』と『いいえ』が書かれた紙に、武巳は盗み見るような視線を向けた。要するに今から行うのは、〝こっくりさん〟の変種のようなものらしい。

しかし、それにしても場の雰囲気は異様で、主催三人の様子は真剣だ。

どう見ても遊び半分といった様子では無い。もちろん『僕の考えたこっくりさん』をやろうと言うような、適当な様子でも。

「……〝そうじさま〟を喚ぶには、〝そうじさま〟の物語を知らなければいけません」

月子は、人を見透かすような瞳を一同に向けた。

「〝そうじさま〟というのは実在した男の子の霊です。何年も前に、その男の子は誘拐されて殺されてしまいました」

「……」

武巳は息を呑む。話の調子が何やら予想とは違って来た。

「男の子は羽間《はざま》市の幼稚園に通っていて、クレヨンのお絵かきが好きで、ちょっと薄い色の髪をした、可愛《かわい》らしい男の子でした。男の子は誘拐されて、首を絞められて殺され、死体は切断されバラバラにされて、頭には攫《さら》われた時にされた目隠しを着けたまま、この羽間の山のどこかに棄《す》てられました」

戸惑ううちにも、どんどん月子の話は奇妙な方向へと向かって行った。

「まだ犯人も死体も見付かってないので、今も男の子は目隠しをしたまま、霊となってこの山を彷徨《さまよ》っています」

「……」

異様な雰囲気に煽られて、その男の子の姿が、脳裏に思い描かれた。

鬱蒼《うっそう》とした森と、その中にぽつんと立つ、目隠しをした少年の姿。少年は目隠しをしたままで、森の中を彷徨い歩いている。

「そして寂しさから、学校にやって来たのです」

少年が、校門の前に立つ。

「男の子は、いつも私達の傍《そば》に居ます」

それは廊下を歩き、階段を上がり、教室に入った。

そして、傍らに立つ。

目隠しをした顔で、少年はこちらを見上げ、そして、にたり、と笑う…………

――――沈黙。

誰も、何も言わなかった。

傍らの暗がりに、何かの気配を感じた気がする。

それは気のせいだと判っていたが、気配は視線になり、息遣いになり、脳裏に思い浮かべた光景と重なって、こちらを見上げて笑う。

「…………」

周囲の空気と気配に意識が向き、ありもしない気配と存在感、そして空間の空虚さが、肌と知覚に染み込んで来る。

教室の空気は、もはや致命的なまでに変質していた。

自分の呼吸が、意識される。

自分の呼吸の音が、知覚いっぱいに広がる。

皆の呼吸が、蠟燭の炎を揺らした。

皆の呼吸が、炎の揺らぎとなって、暗闇の中に、静かに融《と》け合った。

沈黙。

重い静けさが、この場と胸の中に、降り積もる。

「────始めようと思います」

やがて、月子が、沈黙を破った。

月子は机の上に置かれた布を取り上げて、自分の目を覆い、目隠しをした。

不審そうな、あるいは緊張した表情で見守る一同に向けて、月子は口を開いた。それはこれから始まる、この〈儀式〉の説明だった。

「さて、いいでしょうか。ここに集まってもらった皆さんは、殺されて切断された、〝そうじさま〟の体の代わりです」

月子以外の全員が、顔を見合わせた。

「皆さんはそれぞれ、〝頭〟、〝右手〟〝左手〟、〝右足〟〝左足〟です」

ぐるりと月子は、目隠しをした顔で、一同を見回した。

「今日は私が〝頭〟になって、目隠しをします。そして〝そうじさま〟は左利きでしたから、まず〝左手〟の中市さんがクレヨンを持ちます」

「え……あ、はいっ」

急に呼ばれた眼鏡の少女、久美子が、慌てて赤いクレヨンを拾い上げた。

月子はそれに、手を伸ばす。

「……もっと、一番下を持ってくれる？　そうそう……そして〝左手〟の次に、〝頭〟の私が手を添えます」

言いながら、久美子の手をクレヨンが剝《む》き出《だ》しになっている先端の部分まで導き、その上から手で覆った。

「次に、〝右手〟の森居さん」

「はい……」

多恵が、言われた通りに手を伸ばす。

「では〝左足〟の………日下部さん」

「あ、うん……」

雰囲気に飲まれている稜子が、おずおずと手を出す。

「……最後に、近藤君、だったかしら？」

「は……はい」

恐る恐る右手を出すと、月子は物怖《ものお》じせずに武巳の手を握って稜子の手の上に添えた。女の子の手の感触に、武巳は思わず緊張した。

赤いクレヨンは五人の手で完全に覆い隠され、蠟燭に照らされた奇怪な手と指の塊が、紙の上に出現していた。気が付くと口の中に唾が溜《た》まっていた。唾の塊を飲み下すと、ごろり、と耳の奥で、思いのほか大きな音が鳴った。

全ての準備が整うと、月子の口元が微笑《ほほえ》んだ。

「それでは――――皆さん、目を閉じて自分の担当した〝そうじさま〟の〝部分〟を、強くイメージして下さい。バラバラにされた〝そうじさま〟の体を、皆さんのイメージで繋《つな》ぎ合《あ》わせるんです」

月子はそう言って、一拍置いた。

「まず私は――――〝頭〟」

月子は、しばし沈黙する。

そして、

「中市さんは――――〝左手〟」

「はい」

月子はそう言い、久美子が目を閉じる。

「森居さんは――――〝右手〟」

多絵も目を閉じる。

「日下部さんは――――〝左足〟」

稜子が、目を閉じた。

「近藤君は――――〝右足〟」

「…………」

武巳も、目を閉じる。

そしてイメージする。薮《やぶ》の中に打ち棄てられた、子供の右足を。山の中の、枯草の混じる薮の中に、子供の足が一本だけ、棄てられている。その想像は、この暗い場の雰囲気を、さらに猟奇的なものに変える。

「…………」

「イメージはそのままに、目を開けて下さい」

月子は言った。

蠟燭の明かりの中、それぞれが目を見合わせた。

その少女達の頭の中にも、切断された死体がイメージされている。そしてそれを皆のイメージによって、繋ぎ合わせるのだと。

「では、皆さん唱和して下さい」

月子はそう言うと、すう、と胸に息を吸い込み、そして囁《ささや》くような調子で声を潜め、〝呼びかけ〟を口にした。

——そうじさま、
そうじさま、
いま、ここに、おこしください——

その〝呼びかけ〟は、月子の口から詠《うた》うように紡ぎ出された。

呟きのようであり、しかし確かな抑揚と旋律を持ったその〝呼びかけ〟は、あたかも呪文のように、詩のように、そして子守唄のように、空気に染みた。暗く静かに閉ざされている教室に、その決して大きくはない声は、密やかな音となって響き、暗闇に広がり、空間を満たし、空気を震わせ、染み渡った。

穏やかでありながら、その声は強い強制力を持っていた。

皆、月子の声と、それによって作り出された雰囲気に引き寄せられるように、〝呼びかけ〟を唱和し始めた。

――そうじさま、
そうじさま、
いま、ここに、おこしください――

圧倒的な空気に、雰囲気に流されて。

全員が目隠しをした月子を取り囲むようにして、その〝呼びかけ〟を、口にした。

――そうじさま、
そうじさま、
いま、ここに、おこしください。
あなたの右手はここにあります。あなたの左手はここにあります。
あなたの右足はここにあります。あなたの左足はここにあります。

あなたの頭はここにあります。どうか、じゆうにおつかいください。

わたしたちの声をきいてください。

わたしは、ここのせいとです。

いらずの山のみちづれに、わたしたちをつれてください。
けっしてじゃまにはなりません。
うらとおもてと、おもてとうらの、
はざまをとおって、おこしください——

唱和は低く、教室に広がった。

その不思議な〝呼びかけ〟は何度も何度も唱えられ、ゆっくりと、ゆっくりと、この変則的な円陣の中を満たして行った。蠟燭の熱が籠もり始め、ゆるゆると皆の顔を炙《あぶ》った。暗い熱狂に包まれて、重ねられた手が汗ばみ、それぞれの顔に、額に、じっとりと汗が浮かんだ。

唱和は続く。皆の唱和は徐々に一つの響きになり、暗鬱な調和となって空気を震わす。

唱和は耳より入って鼓膜を震わせ、自身の唱える声も頭蓋の中に響いた。空気の振動は肌にも伝わり、肉体と精神の全てを〝呼びかけ〟の波動で満たした。唱える言葉の意味は解体され融けて、ただ異様な力を持った波動となって、それぞれの全身と、精神と、それから空間を満たして行った。

——そうじさま、

そうじさま——

唱和する。

皆の意識が、〝呼びかけ〟によって同調して行く。

——はざまをとおって、おこしください——

意識が振動し、空気が振動し、空間が振動する。

全てが一つになって行く。だがその中で、武巳は——————不意に、りぃん、と微かに鈴が鳴ったのを聞いた気がして、その遠い音に、武巳は、「はっ」とした。

途端、

ふっ、

と、蠟燭の炎が、消えた。
同時に、底冷えのするような冷気が、すう、と全員の肌を撫でた。
皆は、一斉に沈黙した。冷たい風が、細く、細く、どこからか吹き込んでいた。

――――こつん、

机を叩《たた》くような音がした。
皆が、ゆっくりと、そちらに目を向けた。
風が、吹き込んでいた。締め切っていた筈のドアが、細く、細く、開いていた。

「…………」

細く開いたドアの隙間から、うっすらと夕方の光が入り込んでいた。
沈黙。
その向こうには、誰も居ない。
誰も居なかった。人が立てば、そこからは影が差し込む筈なのだが。
誰も、居ない筈だ。

居ない、筈。

だが。


皆は見た。

小さな子供の指が、ドアの隙間から差し込まれていた。


理解した瞬間、体中の毛が悪寒で逆立った。

ドアの半ばよりも下、ちょうど子供が摑《つか》めるような高さに、細い隙間から、子供の手が部屋の中へと差し込まれていた。


「…………!?」


異常。

隙間は紐《ひも》のように細く、子供の手といえど、入れるのは無理だ。

だがそこには、小さな生白い手が、騙《だま》し絵のような不自然さで差し込まれていて、ドアの端をべったりと摑んでいる。

体は見当たらず、ただ白い手だけが、くっきりと闇の中に浮かんでいる。

白い指は微かに蠢き、それが生きた指である事を訴える。

そして。

ばたん！　と突然ドアが閉じ、教室が暗闇に包まれた。

「――――きゃあああああああああああああああああああっ！」

悲鳴が上がった。

鼓膜を裂くような鋭い悲鳴。

一瞬で教室はパニックに陥った。誰もが立ち上がって逃げ出そうとしたが、しかしクレヨンを握った手が離れなくなっていた。

「⁉」

重ねられた手の感覚が無くなり、自分の手ではなくなったかのように、麻痺したかのように冷たくなっていて、全く力が入らなかった。それでいて、互いの手は癒着したかのように離れない。赤いクレヨンを芯にして、肉が溶け合ったかのように固まって、離れない。

それがパニックを加速する。

互いに手を重ね合ったまま、全員が暗闇の中で悲鳴を上げる。

狂乱と悲鳴が全てを塗り潰す。

正しい世界が壊れる。

――――こつ、こつ、こつ、こつ、

どこからか、あの机を叩くような音が響いていた。

この狂乱の中では、その静かな叩音《こうおん》は、むしろ異様とも言える規則性をもって、闇の中に響いていた。

落ち着き払ったその異質な音が、暗闇の中の恐怖をさらに煽る。

黙々と近寄って来る何者かの足音のように、それは異次元的な存在感をもって、暗闇の中に響いている。

やがて、重なった手に、〝ぐにゃり〟と誰かの重みがかかった。

「!!」

同時に、ぽりっ、と指の骨が折れたような異様な感触がして、一斉に全員の手がクレヨンから離れた。

みんな反動でよろめいて後ろの机にぶつかり、あるいは転び、誰かは机を巻き込んで床へと転がった。机につまずき、椅子を引っ繰り返して、無数の耳が壊れるような激しい騒音が、一瞬にして教室中に鳴り響いた。

悲鳴と騒音。

狂騒と錯乱。

そのさなか、誰かが大きくカーテンを引き開けた。

さっ、と外の光が、一瞬で闇を駆逐した。

光と共に、教室に静寂が戻った。


「…………………」


恐怖そのものであった教室の空間が、光に照らされ、露《あら》わになった。

夕刻の淡い光に照らされた教室は、明かりの中で見ると、中央で乱闘でも起こったような有《あり》様《さま》になっていた。

「う……」

武巳は起き上がる。ぶつけたり転んだりで、身体のあちこちが痛かった。並んでいた机と椅子が押しやられ、倒れていて、その只中で体を支えようと手を突くと、手のひらが〝ぬるり〟とした感触を伝えて来た。

「うわ！」

右の手のひらが、真っ赤に濡れていた。

思わず悲鳴を上げたが、よく見ると、それは血とは違った。

鮮やかに赤い液体に顔を近付けて見ると、むっ、と強いクレヨンの香りがした。それは完全に溶けた、赤いクレヨンの成れの果てだった。

女の子達が自分の手に付いたものに気付いて、それぞれ悲鳴を上げた。

武巳は呆然《ぼうぜん》と、手を拭くものを探した。

だが――――

「……多絵ちゃん！」

「!?」

稜子の悲鳴を聞いて、慌ててそちらに目をやった。

そこでは多絵が、あの〈儀式〉を行っていた中央の机に、蒼白《そうはく》な顔で倒れ込んでいた。

「…………!!」

久美子がその脇で目を見開き、床に座り込んだまま、その光景と自分の手を、呆然とした表情で眺めていた。多絵はぴくりとも動かない。武巳は訳も判らず、しかし恐る恐る、倒れている多絵へと近寄った。

「……」

息はしている。

どうやらあの騒ぎの中で、失神したらしい。

そこに稜子が近付いて来たので、武巳は頷いて見せる。

「武巳クン……？」

「……大丈夫っぽい。多分……」

それを聞くと、稜子はあからさまにほっとした表情を見せた。

そしてよろよろと多絵に近寄り、その体を机の上から動かそうとする。

「武巳クン、手伝って……」

「……あ、うん」

そうして二人で多絵を抱えて机から離し、床に寝かせた。机に突っ伏した多絵の体は、砕けたクレヨンと、五十音の紙を、下敷きにしていた。

白いシャツは、胸元が真っ赤になっていた。

机の上には、折れたクレヨンの破片が無数に散乱していた。

あのとき感じた骨が折れたような感触は、クレヨンが砕けた時のものらしかった。紙もあちこちがクレヨンで汚れて、血が飛び散ったように赤く汚れていた。

それを眺めやった時、武巳はふと奇妙な事に気付いた。

「うん……？」

五十音の書かれた紙に、のたくった赤い線が書かれていたのだ。

それは砕けたクレヨンによる汚れなどではなく、明らかに線が引かれて、そしていくつかの文字の上で、その文字を指し示すように丸が書かれていた。線と丸は、繋《つな》がっている。間違いなく順番に文字を示し、文章を作っている。

「み――」

武巳はその文字を、思わず順番に追っていた。

それは起点となる紙の中央から、〝み〟から始まり、続いていた。

み
ん
な
つ
れ
て
く

文章は、そう綴《つづ》られていた。

そして〝く〟を最後に、赤い線は狂ったように迷走し、意味をなさない図形を描きながら紙の外へと飛び出して、消えていた。

「みんな――――つれてく――――」

武巳はその紙を見詰めながら、その言葉を口にした。
知らず知らずのうちに、背筋に冷たいものが上がって行った。
引き剝がすように紙から目を逸らして、周囲を見回した。武巳の横では久美子が床に座り込み、その横で稜子が多絵を寝かせ、様子を見ていた。

「……あれっ？」

月子が見当たらない。
再び視線を巡らせると、月子は窓の脇に、カーテンを摑んで立っていた。
カーテンを開けたのは、月子のようだった。すでに目隠しは目から外され、ストールのように首にかけられていた。

「…………」

そして月子は、武巳達の様子を、ひどく平静な表情で眺めていた。

何事も無かったかのような、冷静な表情をして、じっと皆を、見詰めている。

しかしその顔色は、表情とは裏腹に、紙のように白かった。

完全に血の気が引いた蒼白な表情で――月子は無表情に、ただ月のように、静かに教室の中を見詰めていた。


…………………………

二章　とびおりいろ

1

学校に来てみたら、稜子と武巳が、学校から厳重注意を受けていた。

何事かと二人を問《と》い質《ただ》して詳しい顚末《てんまつ》を聞いた時、木戸野《きどの》亜紀は怒るより何より、まず最初に呆れてしまった。

朝にさわりを二十分。

昼休みに詳細を三十分。

合計すると、一時間近く、二人の話を聞いて。

そんな二人の話を、全て聞き終わった亜紀が、要約すると、たった一言に収まった。

「……つまり〝コックリさん〟に付き合ったら、失神者が出たと？」

そう言うと亜紀は、心底呆れた調子で、はあ、と深い溜息を吐いた。

心の底から呆れていた。いったい何をやっているのだろう。まじまじと二人を見る。見ていると妙に腹立たしい気分が湧き上がって来た。

「何やってんの、馬鹿じゃないの？」

「………」

一刀の元に切り捨てる亜紀の口調に、さしもの稜子と武巳も何も言わなかった。

最初は興奮気味に話していた二人も、説明が進むにつれて、見る見る不機嫌になって行く亜紀に、すっかり並んで萎縮していた。

事実、亜紀は不機嫌だった。あまりの幼稚さに、開いた口が塞がらなかった。軽率と言うか馬鹿馬鹿しいと言うか、この亜紀の胸にある呆《あき》れ果《は》てた感覚を何と表現すればいいのか判らない。少なくとも高校生のやる事では無い。こんな騒ぎは中学生で卒業するものだと、少なくとも亜紀は今まで疑っていなかった。

「まったく……」

続けて何か言おうとしたが、情けなくて止めた。

空目恭一も、村神俊也《としや》も、話が終わってから一言も発さなかった。

あやめはもちろん、何も言わない。

皆黙ってしまって、昼休みの部室に一時の沈黙が降りた。締め切られた九月の部室は、意外に暑かった。

「はあ……」

亜紀は一息ついて、気分を落ち着ける。室温がじりじりと亜紀の不機嫌を炙る。それでも多少は落ち着くと、まだ不愉快さは消えないものの、こうも下らない出来事に神経が高ぶってしまった事に、軽い自己嫌悪を催した。

興奮気味に話す武巳と稜子に、つい声を荒げてしまった。

というのも、最初の方の二人の話は厳重注意を受けた事では無く、儀式中に起こったという怪現象に終始していたからだ。


自然に開き、閉まった扉。

何処《どこ》からか響く怪音。

暗闇に浮かぶ子供の指。

そして紙に示された、謎のメッセージ……


武巳と稜子は、その事ばかりを話した。

この時の二人は、明らかにそれらの怪奇現象に興奮していたのだ。

それを二人が懸命に話すので、亜紀は思わず怒った。〝コックリさん〟など、亜紀にはあまりに馬鹿馬鹿しいものに思えたからだ。

それに何より、たとえ遊びにしても、今の状況で進んでオカルトに関わるなど軽率にも程がある。稜子の記憶が一部失われているのも、今までの度重なる危険も、全てはオカルトが絡んだ結果なのだ。

自覚が無いとしか思えない。

もっとも、それが稜子と武巳でなかったら、こうした怒りに駆られたりはしなかった。

少なくとも空目のやった事なら、ここまで心配はしないとも思う。これが稜子への心配から来る怒りだと、口に出す気は無いものの、亜紀は半ば以上自覚していた。

「……はあ……高校生にもなって〝コックリさん〟なんかやる人間が居るなんて、私ゃ想像もしなかったよ」

亜紀はもう一度、溜息を吐いて見せる。

「おまじないでしょ？　そんなもの、中学生で卒業してるもんでしょうが……」

その年齢に根拠は無いが、亜紀の正直な認識だ。そう言うと、「でも」と言って武巳が口を開いた。亜紀はそれを見て「こいつは余計な事を言わなければ墓穴も減るだろうに」と心の中で思う。

「でもさ、本当に変な現象が起こったんだよ？」

武巳は言った。

口調からするに、亜紀が怪現象について問題にしないので、少々不満らしかった。

だが、亜紀はそれが不愉快だった。それを鵜呑《うの》みにして興奮しながら語るから、亜紀は気分が悪いのだ。

「大抵は集団ヒステリーだって聞くけどね」

不機嫌に亜紀は答える。

「いやほんとだって」

「当事者はみんなそう言うの」

亜紀は相手にしない。稜子が援護射撃に出る。

「でも、失神した子もいるし……」

「だからそれがヒステリーだって言ってんの。昔〝コックリさん〟が何でか日本中で流行《はや》ってた頃、〝コックリさん〟の最中に小学生が失神した事件がいくつもあったって話、あんたら聞いた事ない？」

「マジ？」

途端に表情が輝いた武巳に、亜紀はこめかみに手をやった。

「あんたね………だからそれに集団ヒステリーって判断が出てる、って話してんの。いくつか〝本物〟の経験があるからって、何でもかんでも信じてるんじゃないの馬鹿者！」

「う……」

武巳はしゅんとなった。

「あんた、そのうち変な宗教に引っかかるよ？　少しは物を考えなさい、物を」

そう言う亜紀に、稜子が控えめに言った。

「そこまで言う事ないと思う……」

「あんたも！　ほいほい妙なものに付いて行かないの！」

原因と言っていい人間に横槍《よこやり》を入れられて、亜紀は稜子に矛先を変えた。

「でも……お友達だし……」

「それでも！」

稜子の言い様に不安を感じて、亜紀はまた声を荒らげた。

「社会に出たら、昔の友達が宗教になってたり、マルチ商法になってたりなんて例は、いくらでもあるんだからね！　少しは疑う！　それから考える！　変な人には付いて行かない！　小学生か！」

重ねて言ううちに、だんだん情けなくなって来た。小学生並の注意事項に、亜紀も馬鹿らしくなる。大きく息を吐いて椅子に座る。

高ぶった感情が引くと、自己嫌悪が胸の中に残った。

亜紀は話題を放り出す。

「……もういい。やめた。恭の字、村神、何か言う事ある？」

亜紀は言う。俊也は黙って、その長躯《ちょうく》を部室の壁にもたれかからせ、首を横に振った。

空目の方は、ずっと何かを考えている様子だった。部屋の隅に座って脚を組み、いつもの黒ずくめの服装で、影のように沈黙していた。

その空目にも、亜紀は訊く。

「恭の字は？」

空目はそう声をかけられてから、初めて気が付いたように、無感動な視線を上げた。

「……何がだ？」

「〝コックリさん〟とやらについて。何かある？」

問われて、空目は改めて黙考した。

そして、

「俺の知っている限りで良ければ、説明くらいはできるが」

と組んだ膝の上で指を組んだ。

「どうする？」

「ぜひ聞きたいね」

亜紀は答えた。先程は武巳に対して〝集団ヒステリー〟だと言い切ったが、それは一般に言われている事であって、詳しい訳では無い。亜紀としても興味自体はあるので、詳しい空目に聞けるならその方が良い。

とは言え、もちろん、興味というのは、あくまでも知識としてだ。

こうした〝うらない〟や〝おまじない〟の類は、亜紀は昔から〝依存〟と〝弱さ〟の象徴に思えて好きでは無い。

感情的にはあまり愉快な話題では無いし、実行など馬鹿げていると考えている。だが、その馬鹿げた事をまさにやって、学校から注意まで受けた稜子が、空目の言葉に目を輝かせて、前のめりに身を乗り出していた。

「あ、わたしも聞きたい！」

「あんたね……」

まだ懲りてないのかと亜紀が睨《にら》むと、稜子は誤魔化すように小さく舌を出した。

そうしていると、空目が口を開いた。

「……霊の仕業かどうかは知らんが、〝コックリさん〟によって怪奇現象に類する何らかの現象が起こるのは、あり得ない話では無いな」

その、まず発された肯定の言葉に、亜紀だけでなく、乗り気な態度だった稜子までもが驚きの声を出した。

「えっ？」

「何らかの現象は起こるかも知れない、と言った」

皆が意外な顔をする中、空目は淡々と抑揚に乏しい声で言う。

稜子が言った。

「迷信だ、とか言って、切って捨てられるかと思って期待してたのに……」

「それはどういう期待をされているんだ？」

若干心外そうに空目。

「〝コックリさん〟というのは、かなりの昔から行われている『占い』、あるいは『交霊術』に連なる技術の一つだ」

空目はそう言って、一同を見渡した。

皆が注目する。こうして、この日の空目の〝講義〟は、始められた。

＊

「この〝コックリさん〟は、一般に『占い』に属すると見做《みな》されている」

最初に、空目はそう前置きした。

「〝コックリさん〟は知っているな？　これは紙に五十音と数字、はい、いいえ、その他ローカルな作法に則《のっと》った図形などを書き込んだものを用意し、その上にコインや鉛筆、他には棒を三脚の形に組んだものなどを置いて、多くは複数人で指を乗せ、その動きによってお告げを受けるという、『降霊ゲーム』の一種だ」

　そう言って空目は、まずそのものからの説明を始めた。

「一時期は全国で流行し、コックリさん、トックリさん、ポックリさん、エンゼルさん、キューピッドさん、星の王子様などの、沢山の類似した遊びがある。初めて聞くものだが、今回の〝そうじさま〟も、その一種という事になるだろうな。だが実態としては、これらは全て同じものだ」

　空目は言う。

　それは亜紀も知っている。色々な異名があるが、中身は同じだというのはすぐに判る。だが一つだけ耳慣れない言葉を聞いて、亜紀は少しだけ引っかかった。

「……降霊ゲーム？」

　降霊術はともかく、『降霊ゲーム』という言葉は聞いた事が無い。

　空目はその問いに頷いた。

「ああ、『ゲーム』だ。この『占い』は何らかの霊を呼び出し、そのお告げを受けるという設定で行われる。つまり〝コックリさん〟を行うと、コインなどの触媒が誰も動かしていないにも拘らず、勝手に〝霊〟によって動かされるという事になっている。だが実態としては、真偽はともかく、少なくとも参加者が力を入れなくても、コインは動く」

　亜紀は軽く手を上げて、そこで割り込む。

「人間の筋肉は動かしてなくても無意識に細かく動いてるから、その動きが合わせて伝わってコインが勝手に動くってやつでしょ？」

「そうだ」

　知っている。

　説明してもらって悪いのだが、亜紀が聞いているのは、それでは無い。

　初めて聞いたような顔をしている稜子や武巳は置いておいて、亜紀は訊ねる。

「そうじゃなくて………『ゲーム』ってどういう事？　私が知ってる限りでは〝コックリさん〟って、『ゲーム』なんていうカジュアルなものじゃ無いんだけど」

　亜紀の認識では〝コックリさん〟は『占い』、あるいは『怪談』に属する、もっとおどろおどろしいものだ。

「……ああ、そういう事か。この『占い』は、海外ではパーティーゲームの一種として売り出されている」

　その問いに、空目はあっさりと答えた。

「は？」

「え？　売ってるの？」

　驚き呆れる亜紀。稜子もびっくりしたように訊ねる。

「ああ。正確には〝コックリさん〟とは別物だが、〝コックリさん〟と同じ原理を使って霊から〝お告げ〟を受けるという道具が一九〇〇年頃にアメリカで売り出された。商品の名前は〝ウィジャ盤〟という。フランス語の〝Ｙｅｓ〟であるウィ、ドイツ語の〝Ｙｅｓ〟であるジャ……読み方は英語だが……を組み合わせて名付けられた。これはハート形の木の板でできていて、丸くなっている両端に車輪を、尖《とが》った頂点に鉛筆を取り付けた形をしている。この上に手を乗せると、自然に動いてアルファベットを書いたボード上で文字を指し示すか、紙に自動書記で文字を書いたりする。日本語では大抵『霊応盤』と訳される。これが売り出されるとアメリカでは社会現象となって、一気に広まった。もちろん今も売っている。ただ流行したのはこの商品の発売以降だが、原型はそれ以前にはあったようだ」

その説明に、稜子は感心したように言う。

「そんな昔からあったんだね」

「ああ」

空目は頷く。

「だが、これはあくまでも〝ウィジャ盤〟という商品の原型の話であって、『霊応盤』の原理を使った〝霊からお告げを受ける方法〟なら、もっと昔から存在した」

「そうなんだ。どれくらい昔？」

「起源は不明だが、ピュタゴラスの時代にはすでに降霊術として利用されていたらしい」

「……えっと、ピタゴラスっていつの人だっけ………？」

「紀元前だ。紀元前五〇〇年くらいだったか？」

「紀元……っ⁉」

「二千五百年以上前だな」

　さすがに驚く稜子に、事も無げに空目は続ける。

「つまりヨーロッパでは、脈々と『霊応盤』の歴史がある。アメリカの商品である〝ウィジャ盤〟の元になったのはフランスの〝プランシェット〟で、これは今でも西洋コックリさんの代名詞になっている。イギリスにも〝テーブルターニング〟と呼ばれる小さなテーブルに手を置いて、その動きでお告げを受ける降霊術が流行した。これが日本に伝わった時に、テーブルがコクリコクリと動くので〝コックリさん〟という名前の元になったという説もある。

　アルファベットの書かれたカードを円形のテーブルの縁に並べて、水を満たしたグラスを置き、それに参加者が指を当てるとグラスがカードに向かって動くというタイプもある。中国の道教にも同様の占いがあり、三脚が砂に文字を書いた。これは〝扶乩《ふうち》〟と呼ばれている。現在でも振り子を使った占いをフウチと呼ぶ事があるようだ」

「へぇ……」

　亜紀もそれには素直に驚いた。中国にまで同じようなものがあるとは、さすがに思っていなかった。

「同じ原理の占いが、世界中に、しかも長い年月、ずっと広まってるって事？」

興味深い。だが理解に苦しむところだ。

「何かのルートで伝わったのかねえ」

「不明だ」

「そっか……」

つい想像が羽ばたいて、思考が脱線する。

「……あー、まあ、それはいいや」

亜紀はそれを打ち切って、気を取り直す。

「それより、稜子とかは別の方が聞きたいんじゃや？　何かの現象は実際に起きるかも、って話の方をさ」

そしてそう亜紀が言うと、稜子と武巳が、揃《そろ》ってこくこくと頷いた。

亜紀はもうそっちの方への関心は殆ど失いかけていたが、実際にその『ゲーム』に参加したばかりで、さらに実際に奇妙な経験をしたと言い張っている二人は、我が意を得たりといった様子だった。二人の視線を受けた空目は頷いて、まず右手を広げて前に伸ばし、そんな二人に示して見せた。

「いいか？　先ほど木戸野が言ったように、人間の筋肉というのは、動かしていないつもりでも、無意識に動いている」

そして改めて、空目は言った。

「それだけでなく、いくら動かさないようにと注意しても、体の動きを完全に止めてしまう事は、どうやっても不可能だ。こうやって手を前に伸ばして、指の先が震えているのを止める事ができるか？　それどころか動かさないように意識すると、かえって筋肉が緊張して大きく動いてしまうほどだ。動かさないようにと意識した方へ向けて、逆に動いてしまうという事すらある。この動きを『不覚筋動』という。つまり〝コックリさん〟でコインを動かしている力の正体は、これだ。振り子やロッドで探し物などを判断する『ダウジング』や、自分の意思に依《よ》らず手が何かを書く『自動筆記』の一部もこれに当たる。こういった無意識の筋肉運動で起こる現象は、心霊科学では『自動作用』、英語では『オートマティズム』と呼ばれていて、大半は〝霊〟が起こす現象だとは考えられていない」

そう説明している間、稜子と武巳は空目に倣って手を前に伸ばしていた。確かに指先が微かに震えているのを確認し、二人ともそれを止めようとして、きゃあきゃあと騒ぐ。

「理解したか？　これらは基本的にはランダムな反応だ」

そんな二人の試みが一通り終わるのを待つと、今度は空目は伸ばしていた手を握り、人差し指を突き出した。

「そんなコインに質問をしたとしても、自然に起こる微細な筋肉の運動に引っ張られて、コインは迷走するだけだ」

空目は出した人差し指を、空中に彷徨わせる。

「だが――そのコインが、偶然に一つの文字にかかるとする」

ぴた、と人差し指を、宙の一点で止める。

「するとその文字を頭文字にした言葉が、参加者の頭の中に無意識に連想される」

人差し指を再び動かす。今度は意思を感じさせる動き。

「その連想は無意識の筋肉運動を誘導して、そんなつもりは無いのに、次の文字へとコインが進んでしまう。連想は連想を生んで、やがて単語や文章が形成される。参加者は霊によるものと思い込む。だがそれは参加者の無意識による結果でしか無い。

だからある実験によると、〝コックリさん〟のような占いは、参加者の誰も知らない内容の質問には答えられない。〝お告げ〟には誰も知らないような学術専門用語などは決して出て来ないし、そういった質問にも答えられない」

「なるほどー……」

感心したように武巳。亜紀にも納得できる結論。

「ほら、ばっさり」

稜子が何故か妙に嬉しそうに、小声で武巳や亜紀に囁く。それが聞こえているのかいないのか、空目は伸ばしていた手を下ろす。

「――しかし、だ」

だが、そこで空目は、微かに語調を変えた。

「動かしてもいないコインが動くという経験は、原理を知らない人間にとっては、かなりの衝撃的な現象らしい。そこで問題が起こる」

眉を寄せてそう言った空目の言葉に、聞いていた皆の華やいだ様子が、吹き消された。

「子供などが、それで〝霊〟の存在を信じてしまう場合がある。すると不安と緊張が無意識の筋肉運動を助長し、状況によっては不吉な〝お告げ〟が誘発されたりする。パニックになる。時には過度の緊張で腕が固まり、指がコインから離せなくなったりする。この状態になると幻聴や幻覚も起こり得る。過呼吸症も起こる。過度の興奮や緊張で呼吸過剰になり、呼吸困難を起こし、目眩《めまい》、ひどい場合は失神する。そうして〝コックリさん〟で小学生が失神するといった事件が起こる。過度の興奮や緊張で起こる症状は一括《ひとくく》りでヒステリーと呼ぶ。便宜的に集団ヒステリーと呼ばれる。過度の興奮や緊張で起こる症状は一括りでヒステリーと呼ぶ。近藤と日下部の遭遇したという現象はそれらで説明が付くし、森居多絵の失神も過呼吸症が原因の可能性が高いと考えられる」

空目は腕組みする。

「そうして〝現象〟は、実際に起こる。本当に〝霊〟が介在しなくても、人間にはこれだけの事が起こる。〝コックリさん〟の流行があった頃は、禁止した学校も少なくなかったと聞く。それを馬鹿げた反応だと言い切る事はできない。近藤と日下部も、余計な怪我をする気が無いのなら、少し気を付けるようにした方がいいだろう」

「はい……」

珍しく空目から苦言を呈された形になって、並んで消沈する二人。

しばらく部屋に沈黙が落ちた。

話題が終わった形になり、皆がそれぞれ自分の事に戻りかけた時、やがて武巳が、ぽつりと言った。

「……じゃあ、おれらが見たあれは、幻覚だったのか？」

何となく納得のいかないような、微妙な表情をしている。

「普通はそう判断するだろうな」

空目は取り出した読みかけの本を開きながら、そう答えた。

「特に、今回の場合はそうだ。普通の〝コックリさん〟だけではなく、これには『交霊会』のノウハウが利用されている」

「交霊会？」

訊き返した武巳に、空目は頷いた。

「そうだ。西洋で心霊主義と共に流行した、霊を呼び出して質問などをする会合――というか、ほぼ〈儀式〉だ。霊能力者が同席する場合と、遺族や友人だけで行う場合があった。おおむね前者の方が結果は劇的だったようだな。もっとも霊能力と称するイカサマが、少なくなかったようだが」

そう空目。亜紀はそれを聞いて、確認して訊ねる。

「イタコみたいな?」

「少し違う」

一応は肯定する空目。

「そういった宗教的なプロフェッショナルの手によるものではなく、第一次大戦で沢山の死者が出た後、草の根的に流行した個人的な会だ。当初はテーブルターニングなどを用いて遺族が死者と交流しようとする素人の試みだったが、やがてそれらを得意とするプロの霊能力者が現れた。これらの〝交霊〟は暗闇で行われて、その中で様々な顕現や現象が起きたという。最も多い例では木材が弾《はじ》けるようなラップ音や、物を叩く叩音が聞こえて、それによって心霊との意思の疎通が行われたらしい。暗闇の中で気配を感じたり、中には霊の姿を見たりする場合もあったという」

「あ……」

何か思い当たる事があったらしく、稜子と武巳が顔を見合わせた。

「そう言えば、何か叩くような音が聞こえたよね」

「暗闇だったしな……」

「気配もあったよね」

思い出したのか、二人は青い顔をする。

「それで、〝指〟が見えて……」

「典型的な『交霊会』の道具立てだな」

空目は断定した。

「うまく〝コックリさん〟と『交霊会』をミックスしたものに思える。雰囲気を作って緊張を煽り、『自動作用』に働きかける。暗闇にすれば何もしなくても、ありもしない気配くらいは感じるものだ。上手《うま》くすれば幻覚や錯乱、過呼吸症も起こる。もちろんイカサマの入る余地も山ほどある」

「イカサマ……」

「プロの霊能者はほぼイカサマ師だったと言っていい。要するに、やる事は手品だ。イカサマではないという主張のために目隠しを専らにしていた霊能力者も居た」

「うっ」

「だがそれでも目隠しというのは面白い手法だな。個人的には、目隠しをした一人を囲むというのは『目隠し鬼』に状況が似ているように思う。柳田《やなぎだ》國男《くにお》は、目隠しをした子を囲んで歌を歌う『目隠し鬼』の遊びは〝神降ろし〟の儀式の零落した姿だと考察した。そんな要素もミックスしているなら、よく考えられたものだと思う。だが──まあ普通に考えるなら、偶然だろうな」

奔流のような空目の説明に、稜子も武巳も呑まれていた。

判っているのかいないのか、二人は頷いた。だがそれでも、遅れて思考が追い付いたのか、武巳が言った。

「あれ………でも……」

「どうした？」

「陛下がいま言ったのって、『かごめかごめ』じゃないのか？」

「……そうだが？　『目隠し鬼』だ」

同じだろう？　と答える空目に、武巳は不思議そうな顔をする。

「あれ？　でも『目隠し鬼』って、目隠しした鬼が、周りの人を手探りで追いかけるやつじゃなかったっけ？　鬼さんこちら、って……」

言われて空目は、軽く眉を寄せた。

亜紀も、確かにそんな遊びがあった気がして首を傾げる。だが空目は、それに対してもすぐに答えを出す。

「……ああ、それは芸者遊びだな」

「へ？」

「子供の遊びじゃない。子供にやらせるのは危険だろう、それは」

「言われてみれば。え、そっか、芸者遊びかあ……」

余計な恥をかいた、といった表情の武巳。

「……話が逸れたな。要するに〝コックリさん〟は、現象だけならばいくらでも起こる余地があるという事だ」

「うん」

大人しく頷く稜子。

「よって何かが起こっても、霊の仕業だと鵜呑みにする必要は無い」

「うん……」

「だからこの場合は、気にするべき対象が違うな。金を取られたとか、宗教じみたものに勧誘されたとか、他に何か危害が加わったとか、そんな事はあるか？」

「え？　ううん、全然」

「なら――――特に気にする必要はない。以上だ」

空目は最後にそう言って、視線を本へと戻した。

そんな空目を、俊也がどことなく厳しい表情で見る。その表情が気になって、亜紀が不審そうに見ていると、やがてそれに気付いた俊也とうっかり目が合った。

「……」

俊也は目を逸らし、他所を向いた。

何だか妙な態度だった。

亜紀はその様子に、不思議そうに、微かに眉を寄せた。しかしその時は、それを深く考える事は無かった。

2

その日の現代文は六限目だった。

授業開始前。そのとき稜子は、武巳と一緒に、いつものように教室で、漢字テストのテキストを黙々と捲《めく》っていた。

昨日のテストは、今日返って来る予定になっている。

邪魔が入ったから、という訳では無いが——無い筈だが——昨日のテストの手応えは、イマイチとしか言いようが無かった。


「武巳クンは、昨日どうだった?」

「あー……全然……」


少し前に、稜子は武巳とそんな会話を交わした。

はっきり言って、昨日の結果はあまり見たくない。

よって今日は、昨日に比べて力も入っていた。それを言うなら休み時間前に詰め込んでいる時点で間違っているが、言いっこ無しだ。誰も、と言い切るほどの自信は無いが、この小テストのために前日から勉強している人間を稜子は見た事が無かった。

出て来る問題はある程度わかっているのだから、直前《ちょくぜん》の方《ほう》が記憶に残ると、稜子だけでなく大半の生徒が思っているのだ。

そんなテスト前の教室特有の、騒がしさ七割引の空気。

その中に埋没するようにして、稜子はぶつぶつとテキストの内容を呟いていた。テキストを閉じて、漢字の読みを呟きながら、指で机の上に答えを書いた。書けずに眉間に皺《しわ》を作り、記憶を搾り出した。

そしてもう一度、テキストを開く。それを繰り返す。

隣では武巳が、テキストに顔を突っ込むようにして唸っていた。

教室中で、似たような事が行われていた。全く日常的な光景。その中に、稜子は心地よく、少しだけ苦しく、埋没していた。


「……」


そうしていると。

教室のざわめくような雑音に混ざってしまうような小さな声で、「稜子ちゃん」と名前を呼ばれ、稜子はその控えめすぎる呼びかけに、テキストから顔を上げた。

空耳かとも思ったが、見ると目の前に多絵が立っていた。

稜子は思わず声を上げた。

「あ！　多絵ちゃん、おはよ。心配したんだよ、大丈夫？」

武巳も気付いて顔を上げる。

「あ、よかった、無事だった？」

「う、うん……大丈夫……」

多絵は稜子と武巳の言葉に、申し訳なさそうな、曖昧な笑みを浮かべて答えた。

その様子を見る限りでは、いつも通りの多絵で、変わりは無い。あの失神の状況が状況なので心配していたのだが、どうやら大事は無さそうだ。

「よかった」

稜子は安心する。あれから少し〝コックリさん〟について調べてみたのだが、多くは〝コックリさん〟に取り憑《つ》かれて発狂したとか、精神病院に入れられて未《いま》だに……とか、そんな嫌な怪談ばかりが語られていたのだ。

「びっくりしたんだよ？　急に倒れたから」

「うん……ごめんね」

「結局、何だったの？」

「え……うん………よく判らないって。貧血かな……？」

いつもの事だが、おずおずとした多絵の答え。

とりあえず、よかった、と稜子は笑いかける。多絵も応えて、はにかむような笑いを浮かべて俯《うつむ》く。

と、

「多絵、ちゃんと謝った？」

その時、多絵の背中に、きつい調子の言葉が浴びせられた。

途端、びくりと多絵の笑みが引き、強く肩を竦めて身体を縮こまらせた。

その声は稜子も知っていた。多絵の後ろには久美子が、腰に手を当てて立っていた。

「久美ちゃん……えっと……」

「謝った？」

多絵が口の中で呟く。それに対してもう一度、久美子は強い調子で問う。

縁なし眼鏡の向こうから、細められた目が多絵を見ていた。その目には世話焼きと呼ぶには険の強すぎる光があった。稜子が見ている限りではいつもそうなのだが、この久美子という子は、多絵に厳しい態度を取る事が多い。だが多絵だけに特別という訳では無く、気の弱い子全般にそうだという事も知っていた。

「ごめんね？　このコのせいで怒られちゃって」

そして久美子は多絵に強い言葉を投げかけた後、稜子と武巳を見て、一転して愛想笑いのような笑みを浮かべて言った。多絵は怯えたような表情で、久美子に場所を譲るようにして、一歩下がった。

「ううん……気にしてないよ？」

「そう？　それならいいんだけど……」

すると久美子の笑顔はすぐに悪びれないものに変わって、肘で多絵を突ついた。

「ほら、謝ったの？」

「う、うん……」

「ごめんね？　このコはトロいから、皆に迷惑かけちゃって。稜子ちゃんも武巳君も、無理に頼んで来て貰ったのにねえ」

言いながら久美子は頭を下げる。要するに久美子は意地悪な訳では無くて、押しの強いお母さんのような性格なのだ。

気の弱い子を見ると放って置けず、保護者的な態度を取ってしまう性格。嚙《か》み合《あ》えばいいのだが、押し付けがましく、そのうえ無用にはっきり物を言うタイプなので、きつい印象を与える。だから気の弱い子の中には久美子を怖がっている子も多い。

少なくとも悪意は無い。

その事が判るので、稜子は取《と》り敢《あ》えず苦笑いで応じる。

「えっと、気にしてないよ、大丈夫」

稜子は重ねて言う。

「ね、武巳クン」

「へ？　……あ、うん……えーと、珍しい経験させて貰ったというか……」

武巳は急に話題を振られ、慌てて言った。

その物言いに、久美子は笑う。

「あはは、珍しい経験、って……変な言い方」

「あ、いや、えーと……」

「あはは、ごめんね。気にしないで」

久美子は、ぱたぱたと手を振って、困る武巳を宥めた。そして、

「ほら多絵、行くよ。テスト勉強しなきゃ」

と多絵を教室の奥へと促した。

多絵は久美子に押されて、戸惑いながら稜子の方を振り返って言う。

「……あ…………あの、ごめんね、稜子ちゃん」

「大丈夫、気にしてないよ」

稜子が言うと、多絵は微かに安堵《あんど》の表情になった。

「んじゃ、またねぇ」

久美子は押しやった多絵に続いて、自分も空いている席へと向かう。しかし、そこでふと思い立ったように振り返ると、

「……ところでさ、月子さん見なかった？」

と稜子に向かって聞いた。

「え？　月子ちゃん？　ううん、見なかったと思うけど……」

稜子は首を傾げて答える。武巳に目を向けたが、同じく武巳も首を横に振った。

「そう。ありがと、ごめんね」

久美子はそれだけ言うと、少しだけ首を傾げて、そのまま二人の席から離れた。稜子と武巳はそれを見送って、それから顔を見合わせた。短いお互いの沈黙の間で、色々な思いがやり取りされた。

やがて、武巳が言った。

「……何だかなあ」

「んー、悪い人じゃない…………と、思うんだけどね……」

「そう？　俺はちょっとなあ……」

稜子は苦笑した。

「駄目？」

「いや、あの森居さんがさ、立場弱いんじゃないかなあ、とか思って」

言い辛そうに言う武巳に、稜子は何か複雑な気分になった。確かに一見するとそう見えてしまうのは判る。だが多絵は誰に対してもあんな感じの対応をする子だ。決して無理やり従わせられている訳では無いのだ。

武巳や稜子と一緒に居ても、多分あのように反応する。

自分の事では無いとは言え、自分の友達の友達関係を疑われるのは、少し残念だ。

特にその相手が武巳となると。意味が無いとは判っているが、一応弁護しておく。

「いじめられる訳じゃないよ」

武巳は案の定、首を捻《ひね》った。

「そこまでは言わないけどさ……大体あの三人って、どういう友達？」

「どういう、って？」

「ちょっと変だろ？　あの雪村さんって子だけ、他の二人と違うみたいに見える。森居さんは中市さんの事を『久美ちゃん』って呼ぶよな？　中市さんは森居さんを呼び捨てだ。なのにその二人とも——雪村さんの事は『月子さん』ってさん付けで呼んでるだろ。まるで一人だけ格上みたいじゃん。雰囲気も違うしさあ」

「……」

それを聞いた途端、稜子は唖然《あぜん》とした。武巳は自覚が無いのだろうか。

「武巳クン…………私達も人の事言えないよ……？」

稜子は言う。

「へ？　何が？」

不思議そうな武巳。やっぱり自覚が無い。

「魔王様とか……」

稜子が言った途端、武巳が頓狂な声を上げた。

「……へ？　あ……！」

さすがに武巳は絶句した。多絵達の月子に対する態度は、稜子達の空目に対するものと大して変わらないのだ。しばし唖然として、やがて稜子はくすくす笑い出した。

「あー……」

武巳はばつの悪い顔をする。

だが、その気まずそうな顔が今までとは少し違うのに、稜子は気付いた。それは最近気になり始めた事だった。何が起こったか判らないが、夏休み明け辺りから、武巳の態度が微妙におかしくなっていたのだ。

武巳の言葉や態度の端々に、妙に気まずそうな部分が混じる。

自分が何かしてしまったのだろうかと、稜子はずっと不安に感じていた。

稜子は違和感を胸に抱えながら、それに気付かない振りをして、笑う事へと必死で意識を向けていた。そうやって何も気付いていない振りをしないと、うっすらとした不安に押し潰されて、壊れてしまいそうだった。

3

戸惑いのような空気だった。

「……うん？」


六限の授業中、半分寝ていた武巳は、異様な雰囲気を感じて目を覚ました。

まず授業中である事を思い出した。

そして次に、教室の異様な空気にぎょっとした。

自分の居眠りがバレたのかと思ったのだ。そう思って慌てて前を見ると、教室に詰まった生徒が、そして教壇に立った先生までが、自分が思ったのとは違う様子の、異様な雰囲気とざわめきに支配されていた。

「…………？？」

どうやら武巳の居眠りのせいでは無いらしい。

だが授業は明らかに中断していた。かといって見る限り、教室の中に何かおかしなものがある訳では無い。

それにしては雰囲気が普通では無かった。何なのか判らなかった。寝ていた事もあって状況が判らない。混乱し、隣に居る稜子を見ると、稜子も状況を把握してはいないらしく、ひどく戸惑った顔をしていた。

武巳は声を潜めて、稜子に訊ねた。

「ど、どうしたんだ？　これ……」

「……ううん…………わかんない……」

そんなやり取りと共に教室を見回してみると、どうやら大半の生徒が状況を把握していない様子で、ただその異様な雰囲気に戸惑っているようだった。

ざわめき。

やがて、その生徒の戸惑いは、原因である窓の方へと向かってて行く。

見ると窓際の生徒は例外なく窓の外に目をやり、窓からほど近い生徒も半ば席から立ち上がって窓を見ている。

皆がそれに気付き始め、だんだんと教室中の注意が窓へと集まって行った。そうするうちに、状況を把握している者、把握していない者、そんな皆が戸惑いのまま、やがて窓を見詰めるという状態になった。

「静かに！　席から立っちゃいけません！」

女教師が皆を制止した。

しかしその先生自身、そう言いながらも窓の外を見て、明らかに落ち着かない様子。

生徒はざわめく。やがて教室のざわめきの断片を拾って、それを他の生徒が囁いて、状況が静かに教室中へと伝えられて行った。


――飛び降り？

――飛び降り自殺？


そんな囁きが教室に広がって行く。

その囁きを、やがて武巳達も耳に拾った。

武巳と稜子は顔を見合わせる。だが廊下側近くの席にいる二人には、窓の状況は少しも見えなかった。

「……自殺？」

教室のざわめきは、少しずつ大きくなって行く。

そうしていると、その時、誰か女の子の悲鳴が上がった。

瞬間、教室中が一気に大きなどよめきに包まれた。「飛び降りた！」「飛び降りたぞ！」など誰ともつかない声が上がり、大きな悲鳴と泣き声が上がった。そんな中で先生が、上ずった声で生徒達に向けて叫んだ。

「み、みんな静かに！　私が戻って来るまで動かないように！」

先生はそう言い残すと、慌てた様子で教室を飛び出して行った。当然、教室では先生が居なくなった途端、ほとんどの生徒が窓へと殺到した。もちろん武巳もその中に入っている。他の生徒を押し分けて、少しでも窓の近くに行こうと人垣に体を押し込む。教室のどよめきはすでに大騒ぎに変わっていた。

その中で、ようやく武巳は窓の近くへと行き着いた。

皆と折り重なるような状態で、武巳は窓を覗き込んだ。

皆の見ている方に目を向けた。そちらには専門教室が集まる二号校舎があった。見ると五階の窓が大きく開け放たれている。

そしてその、遙か下の石畳の地面に、何とも異様な形の染みが――――

人だった。

それは一見すると、色も形も到底、人などには見えなかった。

長い黒髪が投げ出され、真っ赤な液体がぶちまけられて、白い服と皮膚とが混じって異様な斑《まだら》が構成されていた。細い手足が手足には見えない形に捻じ曲がり、関節を全く無視した方向へ折れ曲がって、不気味な形の染みとなって石畳に放り出されていた。

その全体像は、人体には見えない。

あえて形容するなら、踏み潰されてひしゃげた、昆虫のような形状だった。

にも拘らず、各部が人の形をしたそれは、あまりにも冒瀆《ぼうとく》的なオブジェだった。

人形のような、などと表現するには、その肉の質感は、あまりにも生々し過ぎた。

粘性のある赤黒い染みが、徐々に石畳に広がって行く。

「────いやぁ！」

誰かの悲鳴が上がり、泣き声が上がった。

吐き気を催して、武巳は思わず後ずさった。

「う……」

しかし人垣が邪魔をして、思うように下がれない。揉《も》み合《あ》ううちに、例の開け放たれた五階の窓が、偶然武巳の視界に入った。

「！」

瞬間、武巳は目を見開く。

そこに、人影があったのだ。

その小さな人影は、高校という場所にはあり得ない事に、見た限りでは五歳くらいの男の子に見えた。またさらに異常な事には、その顔の半ばほどまでが、異物に覆われていて、見て取る事ができなかった。

額から、鼻筋にかけてを覆う布。

その子供は、両目を目隠しで覆っていたのだ。

その目隠しをした子供は、そこに上がってきた教師達の姿に紛れて、すぐに見えなくなってしまった。自分が見てしまった異様なモノに、武巳の肌に激しい鳥肌が立った。

「…………！」

武巳は必死になって人を押し除《の》け、ほうほうの体で人垣から転がり出る。

するとそこには稜子が、青い顔をして座っていた。

稜子は、稜子よりさらに顔色の悪い少女の脇に座り、その背中をさすってやっているところだった。

多絵だった。

多絵は床に座り込んで、嗚咽《おえつ》を上げていた。

近くには多絵ほどではないが、相当顔色の悪い久美子が、やはり床に座り込んでいた。皆も死体を見たのだろうと、武巳は思った。

だとしたら、無理も無い。

「だ、大丈夫か？」

武巳は、稜子に問いかける。

稜子は武巳に顔を向け、何かを言おうと口を動かした。

「…………の……」

「え？」

だが上手く聞き取る事ができず、武巳は聞き返す。

稜子の声は小さく、唇はひどく震えて、言葉がきちんと出ていなかった。

「……あ……い……なの……」

「え？　何？」

武巳は何とか聞き取ろうと、稜子の顔に耳を寄せた。

そして、ようやく聞き取れた言葉に、武巳は一瞬にして血の気が引いた。


「……あれ……月子ちゃんみたい……なの…………」


稜子はやっとの事でそれだけ言うと、言葉を詰まらせた。

その瞬間武巳の記憶の中で、月子の黒髪とあの死骸に絡みついた髪の毛とが重なった。

「…………‼」

嗚咽を上げる多絵を見て、次に震える久美子を見ると、久美子は紙のように白い顔で、武巳にひとつ、頷いて見せた。その意味を武巳は理解する。騒然とした教室の中、そこだけが明らかに異質な戦慄によって、密やかに、しかし確かに、そして呪縛のように、覆われていた。

そして全ては始まった。

三章　もふくいろ

1

自分が、学校の廊下を歩いていた。

よく見知った、しかし何かが違う気がする学校の廊下を、武巳が、いや、もしかしたら自分では無いかも知れない曖昧な人間が、急《せ》き立《た》てられるようにして歩いていた。

つんのめりながら、ほとんど走るように、早足で歩いている。

現実感の無い廊下が、窓が、ドアが、ひどくゆっくりとした、しかしとても速いという奇妙な速度で、脇を過ぎて行く。

自分は、手を引かれている。

小さな男の子に、手を引かれている。

小さな冷たい手がしっかり手を握り、自分を引っ張っている。男の子は走り、自分も必死で付いて行くが、自分の足取りは何故だか、ひどくもどかしい。

進んでいるが、進んでいない。

気ばかりが焦る。

まるで空気の中で泳いでいるようだ。

進もうとすればするほど脚は粘り付くように重くなり——

武巳は、汗にまみれて目を覚ます。


…………

…………

*

飛び降りたのは、やはり月子だった。

翌日、四限の終了時に武巳と稜子は先生に呼ばれ、「昨日の雪村月子さんの事で警察が話を聞きたいと言っている」と伝えられ、会議室に行くよう指示された。

武巳と稜子は顔を見合わせた。

確かに武巳達二人も、一応関係者という事になるのだろう。

身に覚えはある。だが確かに不審な事実を知ってはいるのだが、それをどう説明していいのか全く判らなかった。武巳も稜子も、自分の経験した事、見た事などを、どのように解釈していいのか、未だに判断が付いていなかったのだ。

まさか――――〝コックリさん〟が原因かもとは、警察には言えない。

言ったら怒られそうだ。

結局判断が付けられないまま、二人は会議室の前に立つ事になる。

顔を見合わせ、頷き合い、覚悟を決めて、武巳はドアをノックした。

「――――どうぞ」

声に従い、恐る恐る武巳はドアを開けた。

「……あれ？」

途端、武巳も稜子も、不思議そうな声を上げた。

そこにあった光景は、予想していた制服の警官でも私服の刑事でも無く、空目とあやめ、俊也に亜紀という、いつもの面々だったのだ。俊也と亜紀は明らかに不機嫌そうだ。その中で亜紀が、真っ先に口を開く。

「遅い」

「え？　何で……」

「それは私らが聞きたいね」

訳の判らない武巳に、亜紀がそう言って答える。

「まあ、大体の想像は付くけど……」

「え？　え？」

武巳が呆然としていると、突然横手から声をかけられた。

「────それはね、こういう事だからです」

驚いて振り向くと、武巳のすぐ横、ドアの脇に、〝黒服〟が立っていた。

「……!?」

灰色の髪を撫《な》で付《つ》けて、顔に浮かべるのは貼り付けたような柔和な笑み。高価そうな整髪料の香りをさせる、黒スーツで固めた初老の男。

都市伝説に言う〝黒衣の男《メン・イン・ブラック》〟。

さる〝機関〟のエージェントを名乗る芳賀《はが》幹比古《みきひこ》は、思わず後ずさった武巳に、静かに笑みを向けて挨拶した。

「どうも」

「な、何で……」

「さ、どうぞ、中へ」

言葉にならない武巳の様子は無視して、芳賀はただ促す。仕方なく、武巳と稜子がおずおずと言われた席に着くと、芳賀の手によって会議室のドアが閉じられる。部屋が世界から隔離され、芳賀は自らも席に着くと、机の上で指を組んで、改めて口を開いた。

「さて、それでは、事情を聞かせて頂きましょうか」

「…………」

武巳と稜子を見て、芳賀は言った。

誰も口を開かなかった。その沈黙の中で、稜子が小さく手を上げた。

「あの、警察、って聞いてたんですけど……」

ささやかな抵抗なのか、それとも本気で分かっていないのかは判らない。こうして芳賀の姿を見た時点で、何が起こったかくらいは、もう武巳にも想像できている。

「もちろん、私は警察ですよ」

芳賀は答えた。

「……え？」

「今のところはそういう事になっています。先程までは警察として、中市さん達二人に事情を聞いていました」

目を丸くする稜子。つまり芳賀は刑事の振りをして、つい先程まで多絵と久美子から事情聴取を行っていたようだ。と言う事は――

「状況を判断した結果、これは〝例の現象〟の可能性が高まったため、この件は〝我々〟が介入する事になりました」

「あ……」

「すでに彼女達二人に〝デルタ式異障親和性テスト〟を実施しました。『陽性』の結果が出ています。そういう訳で、ここに君達を呼ぶ事になりました。何でも近藤君と日下部さんは、この件に深く関わっていたそうで」

芳賀は笑う。

「〝我々〟としては、話が早くて助かります」

「……」

白々しい芳賀の笑みと、俊也と亜紀の突き刺すような視線に、武巳は一瞬にしてこの状況を理解した。どうして皆がここに居るのか分からなかったのだが、雪村月子の件に武巳達二人が関わっている事が確実だったからこそ、空目達まで呼び出されたのだ。

亜紀と俊也から向けられる、露骨な不機嫌。

武巳達のせいで拒否しようにもできなかったのだろう。あまりの気まずさに、武巳は思わず皆から目を逸らした。

「一応、おおまかな経緯についてはすでに把握しています」

　芳賀はそんな武巳の内心や、人間関係には構う事なく、黒いラップトップの画面を見ながら話し始めた。

「一昨日夕方、雪村月子さん、中市久美子さん、森居多絵さん、そして近藤君と日下部さんの五人が、いわゆるコックリさんの亜種であろうと思われる、〝そうじさま〟なる交霊会を行いました。その結果、参加者五人は交霊会中に怪異と思われる現象に遭遇。交霊盤には『みんなつれてく』というメッセージが残されます。そして翌日、つまり昨日、雪村月子さんは二号校舎五階から投身自殺に至ります。この自殺自体には多数の目撃者があり、他殺などの可能性は限りなく低い――――というのが、おおまかな昨日までの状況です」

「……」

「雪村さんは即死状態。骨だけで数十箇所の大きな損傷。脳挫滅の他複数の内臓が破裂。そのうえ皮膚が石畳に張り付いて剝がさねばならなかったなど、五階からの飛び降り死体としては極めて酷《ひど》い状態でした」

「う……」

　その説明に、武巳はあの潰れた昆虫のような状態になっていた遺骸を思い出して、思わず胸が悪くなる。

「死亡の状況としては確かに無残でしたが、それはまあ問題になりません。この件の本当の問題は、事件に至るまでの奇妙な状況です」

芳賀はここで、一拍置く。

「雪村さんは、飛び降りる時に目隠しをしていたんです」

「……」

芳賀は、黙っている皆を見る。

「それまでの情報などを総合するに、どうやら一階からずっと目隠しをしたまま、五階まで階段を上がって、窓を開けて飛び降りたようです。どこから目隠しをしていたかの正確なところは判りませんが、どうも相当に長い距離を目隠し状態で歩いていたと思われます。死亡時には雪村さんは外履きを履いていましたから、もしかすると外から歩いていたのかも知れません。何故こんな事をしたのかは判っていません。しかし、異常な状況である事は確かです。そのために、皆さんには集まってもらいました。

この件には〝異存在〟の関わりが予想されています。場合によっては、近藤君や日下部さんが巻き込まれる可能性も否定できません。すでに巻き込まれているかも知れません。ご協力いただけるに越した事は無いと〝我々〟は考えています」

例の遠まわしに脅す口振り。武巳は、俊也がまた怒り出すのではないかと思ったが、意外にも俊也は黙ったままだった。

代わりに口火を切ったのは亜紀だ。

「それ、そんなに異常ですかね？　飛び降りの時に、怖いから目隠しをする、みたいな事もあるんじゃ？」

　疑義を口にする。

「例えば高い所から下を見た時に、恐怖で自殺の覚悟が鈍らないようにとか、ありそうじゃないですか。その程度なら、ものすごく奇妙ってほどでも無いと思いますけど。話を聞く限りでは、前日に〝コックリさん〟をやってたという事くらいしか、この件は〝異存在〟とやらには繋がらないんじゃ？」

「なるほど」

　芳賀は、確かに、と頷いて、それでも笑みは崩さずにいる。

「確かに自殺の時に、目隠しをする事もあるでしょうね」

「でしょう」

「しかし――――その辺りが手がかりである可能性を排除しても、捜査手法的に〝我々〟は困りませんが、君達は困るのでは？」

「……」

　亜紀が不機嫌に黙る。

　芳賀はうっすらと口の端を歪める。そして改めて皆へと向かって、説明を再開する。

「さて、では整理しましょう」

そして言う。

「まず雪村月子さんが〝目隠しでコックリさん〟という特殊とも思える儀式の後、目隠しで自殺しています。次に交霊の最中、全員が〝怪現象〟を経験しています。それでですね、自殺した日の朝なのですが——雪村さんは、ある奇妙な夢を見たと中市さん達に言っていたらしいのですが、お二人は聞いていますか。そして気になる事に、今朝、中市さん達二人も同じ夢を見たそうなのです」

「夢?」

聞いていない。武巳は、そして稜子も、その話に首を傾げる。

だが。

「ええ。それでその内容なのですが――――目隠しをした少年に、学校で手を引かれて行く夢だった、と」

「!!」

それを聞いた瞬間、武巳は自分の表情が強張《こわば》るのが判った。

芳賀と目が合った。しまった、と思ったが、時すでに遅く、芳賀はそんな武巳を見て、確信したように目を細めた。

「それがどうだったかを、〝そうじさま〟に実際に参加したというお二人にも聞こうと思っていたのですが……たったいま必要なくなりましたね。どうやら近藤君は、すでに巻き込まれてしまっているようで」

その芳賀の言葉に、「この馬鹿」と亜紀が顔を顰める。

武巳はただ絶句し、一言も無かった。

稜子が武巳を見て、不安そうに訊ねた。

「見たの？　その、夢……」

「…………うん」

「え、で、でも、私は見なかったよ？」

「なら、貴方《あなた》は〝異障親和性〟が非活性なのでしょう」

そんな稜子に芳賀が言った。自分達が稜子に〝処置〟とやらをしておきながら、素知らぬ顔でとぼける。

「夢というのは人の深層意識の発現でもありますから、〝感染〟した際に、影響がある事も少なく無いのです。〝感染〟の指針の一つとしても考慮に入ります」

しかし、稜子は納得いかない顔をしている。稜子は言う。

「でも〝そうじさま〟の時には、わたしにも〝手〟が見えたのに……」

「それは、メンバーのうちの誰かか、もしくは全員を〝チャンネル〟にして『そうじさま』とやらを〝共有〟していたのでしょう。そこの『神隠し』と、原理的には同じです。処置によって親和性を非活性にしている〝我々〟にも、一時的に『彼女』の存在は認識できています。貴方達に紹介されなければ、〝我々〟はもちろん、他の人間にも、『彼女』は存在しないのと同じ状態になると思います」

「そ、そうなんですか？」

「そういうものです」

あやめを見ると、寂しそうに微笑んで、小さく首を傾げた。

稜子はいまいち理解し難い様子だったが、芳賀はそれ以上こだわる気は無いようだ。ラップトップを操作すると、話を先に続けた。

「で、ですね……〝我々〟がこの件に〝異存在〟の関わりを疑ったのは、もう一つ理由があります」

芳賀は言う。

「雪村月子さんは、友人の間では『霊感』の持ち主として扱われていました」

「え！」

武巳は驚いて、稜子を見る。

稜子も驚いた顔で、首を横に振った。どうやら月子の『霊感』の話を、稜子は知らなかったらしい。

「えっと……多絵ちゃんの友達で、綺麗《きれい》な子だとは思ってたけど………ちょっと変わった子だってのも知ってたけど…………霊感って言うのは……」

　戸惑った顔で、稜子は言う。

　そうですか、と芳賀は頷き、説明する。

「雪村さんの『霊感』の話は、一部では有名だったようですね。特に寮で同じ棟に住んでいる人達にとっては、周知の事だったらしいです。霊が見えるという発言の他、カード占いやコックリさんなども寮内で催していました。その際の取り巻きがあの二人、という事です。雪村さんは『霊感少女』で、中市さんと森居さんはその信奉者、というのが同じ寮での周囲の評価ですね。まあ……信じる信じないは、人それぞれでしたが」

　そう言われて、武巳は改めて月子の大人びた美貌を思い出した。そして儀式について皆に語りかける時の、あの落ち着いて手馴《てな》れた、まるで占い師のような語りかけを。

「調べてみましたら、彼女は霊媒の家系でした。彼女の実家は大変信心深く、地域の祭祀《さいし》的な役割をしていたようです。地域の神を祀《まつ》って、地域住民の相談に乗ったり、説教をしたり、祈《き》禱《とう》や祭り事をしたりといった事を日常的に行い、幼い頃からそれらに触れていた可能性が高いです。こういった環境下に育つ事は〝異障親和性〟が活性化する確率を高める事が、経験的に判っています」

　それを知って、いま考えてみれば、彼女の堂に入った態度も納得できる。あの時は戸惑いと初対面で、そこまで判断ができなかった。

「『霊感少女』というのは厄介なものでしてねえ……」

そうしていると、ふと溜息まじりに、芳賀は言った。

「ああいう年頃の少女は、何故か好んで『霊感』という狂言を用いるのですが、その中に稀《まれ》に本物が混じっている事があるのです。ですから〝我々〟も、自称『霊感少女』が関わる事件は特に注意して扱っています。本物で無かった場合でさえ、仲間うちの思い込みやお告げによって、自殺したり、友達を死に至らしめたりという事件は、結構多いのですよ。未遂や精神病の発症ならばもっと多い。とは言え全くの無視はできません。本当は今回も、その系統かと思ったのですが……」

「違ったわけ？」

「ええ」

亜紀の確認に対して、芳賀は肯定した。

「生徒の中にね、かなりいるんですよ。雪村さんが飛び降りた窓に――――〝目隠しをした男の子〟の姿を見た、という人がね」

「…………！」

聞いた途端、武巳は今度こそ全身に鳥肌が立った。武巳はこの時に初めて、自分が本物の怪奇現象に当事者として巻き込まれたという、本当の実感に襲われたのだ。

今まではあくまでも〝夢〟の話だったので、聞いていても漠然とした不安で済んでいた。

過去の事件も当事者では無かった。しかし、とうとう自分が〝見て〟しまったものに、話が及んだ。

表情の変わった武巳に、芳賀が目を向ける。

そして妙に優し気な笑みを浮かべて、武巳に言う。

「という訳なので――――詳しく聞かせてもらえませんかね？」

「う……」

皆がじっとりと注目する中、武巳は仕方なく居心地の悪い思いをしながら、しどろもどろになりつつ、自分の見たものについての説明を始めた。

月子の飛び降りた窓に居た――――目隠しをした、子供の事。

その子供は、すぐにやって来た先生達に紛れて、見えなくなってしまった事。

そんな明らかに奇妙な少年を、そこにいた先生達は、その姿が見えていないように、気に留めていなかった事。そして――――その少年は、武巳の見た夢に出てきた少年と、おそらくだが、同じ人物だったという事。

「……なるほど」

芳賀は、カチャカチャとラップトップに入力をしながら、武巳の話を聞いていた。

やがて話を聞き終わった芳賀は、「ふむ、同じですねえ」と一つ、呟いた。

「君の見た正体不明の〝男の子〟の姿は、他の生徒が見たものと、完全に合致しますね。しかし夢に現れた少年と同じだった、というのは初めての証言です。もしかしたら、中市さんと森居さんも、現場をよく見ていれば〝見えた〟かも知れませんね。まあ、これで大体のところは判りました。まだ断定はできませんが、やはり可能性は高いと見ます」

芳賀は言って、ラップトップを閉じる。

「やはり、この件は一旦、空目君に預ける事にしましょう」

そして唐突に、芳賀は決めた。亜紀と俊也が剣呑《けんのん》な目で芳賀を睨んだが、二人とも結局何も文句を言う事は無かった。芳賀は応じて、何故か満足そうに、にや、と笑う。それから芳賀は空目に言う。

「で、空目君、君はこの件をどう見ます?」

「……」

空目はしばらく無表情に目を閉じていたが、やがて口を開いた。

「現状、俺が考えるには、雪村月子は〝怪異〟の犠牲者とは言い難いな」

「ほう、何故です?」

芳賀は少し意外そうにする。だがそれ以上に、当事者であり全てを見て来て、完全に怪奇現象に巻き込まれたつもりになっていた武巳の方が驚いた。

「えっ……それって、どういう事?」

「先に言っておくが、これは想像でしかない。根拠となるものが俺の『嗅覚』しか存在しないからだ」

　空目は言う。

　それに対して芳賀が答える。

「構いませんよ。意見として拝聴しましょう」

「それなら言おう。根拠は一つだが――――彼女の自殺した時点では、俺は何一つ『異界』に関する匂いを感知していない、という事実だ」

　促す芳賀に応えて、空目は説明した。

「今までこの学校で『異界』絡みの何かがあった時、俺は必ずその先触れとして何らかの匂いを嗅ぎ取っていた。にも拘らず……あの飛び降り自殺があった時、俺はその場に、何も不審な匂いを感知しなかった」

　空目はこの世のものでは無い〝匂い〟を嗅ぎ取る能力を持っている。それはここにいる皆が知っている。そしてそれは空目の口から出る言葉だからこそ、非常に信頼すべき情報として認識されている。

「そ、そうなんだ？」

「よって彼女の自殺は怪異によるものでは無いと、現時点では、俺は思っている。あくまでも現在の印象であって、結論では無い」

「ふむ。意見が合いませんでしたね。ですが、それではまだ〝我々〟の疑いを撤回する訳にはいきません」

「だろうな」

空目の意見に、芳賀は顎を撫でる。

「一応、貴方の主観は脇に置いて、〝異存在〟の線で調べてみて下さい。念のためです」

「おい」

芳賀の図々《ずうずう》しい言い様に、俊也の眉が吊《つ》り上《あ》がる。

険悪な沈黙が、会議室に張り詰める。

しかし、

「――――構わん」

と空目はあっさりと了承する。

こうして〝そうじさま〟の件は伏せられ、多絵と久美子の身柄がどうなるかについては、一時的に空目の手に預けられる事に秘密裏に決まった。

武巳の巻き込まれた厄介事が、皆の厄介事へと拡大した瞬間だった。

当事者なのに蚊帳の外の気分で、武巳は周りで進む話を、ぼんやりと聞いていた。

2

その日の放課後、亜紀は女子寮にやって来ていた。

「こっちだよ」

「ん」

寄宿舎めいた建物の中を、稜子の案内で、亜紀は歩いていた。

ずらりと並ぶ二人部屋。

廊下を行き交う女子生徒。

どれも亜紀には見慣れない光景だった。考え過ぎなのは判っているが、一目で周りに他所者だと見破られるのではないかと、そんな場違いな感覚を、亜紀は内心で感じている。

ここは、亜紀の居場所では無かった。

同じ学校の、同じ年頃の女の子ばかりなのに、亜紀には疎外感しか感じられない。

アパートで一人暮らしをしている亜紀は、女子寮の中に入った事が無い。そのため、中を歩くのに寮生である稜子の案内が必要だったのだが、正確に言うならば、ここは稜子の知っている寮でも無いのだった。

この女子寮三号棟は、稜子の寝起きしている建物では無い。

それでも建物の構造は全く同じなので、部屋の番号さえ判っていれば、十分に稜子でも案内ができた。稜子は迷う事なく、亜紀の前に立って歩く。目的の部屋は二階にあるらしい。今日の目的は、多絵と久美子の部屋だ。

これから二人に、詳しい話を聞く必要があったのだ。

芳賀も二人から話を聞いていたが、あくまで警察としての事情聴取だったので、〝夢〟の件とか、〝そうじさま〟とか、そんな奇妙な話については、おそらく正確に話してはいないだろうと予想されていた。

なので、女の子同士の話として聞き出す情報が必要との判断だった。

そうして亜紀と稜子は派遣された。稜子の後に付いて、亜紀は女子寮の廊下を歩く。

「……」

完全に〝機関〟の下働きだが、亜紀は構わなかった。

こうしていれば、亜紀は空目の役に立てるのだ。

だが、そんな事を考えている亜紀はともかく、あの時に俊也が何も言わなかったのは、亜紀にとっては不思議だった。今までなら、俊也は反対の一言くらいは言っていた筈だ。とうとう腹を括ったのだろうか？　それとも武巳と稜子の関わりが確実だったので、何も言えなかったのだろうか？

考えてみれば、芳賀もそんな俊也を怪しみもしなかった気がする。

そんな事を考えていると、二階への階段に差し掛かった時、稜子が不意に思い出したように亜紀へと訊ねた。

「ねえ、亜紀ちゃんは二人に会った事、無いよねえ……？」

その問いに、亜紀は一瞬考えて、答えた。

「ん。多分ないね」

「そうかあ……」

稜子は少し困ったように、首を傾げる。

「……どうかした？」

「うん、久美ちゃんは大丈夫だと思うんだけど、多絵ちゃんがね……」

稜子はちら、と亜紀を振り返る。

「なに？」

「亜紀ちゃん、多絵ちゃんと話したら怒り出すんじゃないかなあ、とか思って……」

「なにそれ」

その稜子の言葉に、亜紀は思い切り眉間に皺を寄せる。

「んー……ちょっとね、ハッキリしない子だから……」

稜子は言葉を濁す。

「悪い子じゃないの。嫌いなタイプでも、怒ったりしないでね？」

稜子は言った。

「…………考えとく」

亜紀は溜息を吐いて、それだけ答えた。

いったい自分は、稜子にどう思われているのだろう。

＊

その部屋は、元は久美子と月子の二人部屋だったという。

一人の住人が失われ、しかしその気配を未だに色濃く残す部屋に、今や唯一の住人となった久美子と、そしてもう一人の友人である多絵が、ベッドに座って待っていた。

二人とも、表情に翳りがある。

ドアを開けた瞬間、部屋の雰囲気が重い。

「お邪魔しまーす……」

そう稜子が言って、亜紀は二人に会釈した。

それに応えて、二人からは戸惑い混じりの会釈が返って来た。

二人に話は通してあると、芳賀は言っていた。「次は二人も危ないかも知れない」と言って脅しをかけたという話だったが、それで派遣されて来た亜紀達については、どういう話として通っているのか判らなかった。

とりあえず亜紀は、二人に訊いた。

「んー……私の事、どういう風に聞いてます？」

「え……っと…………怪奇現象関係の専門家だと」

眼鏡をかけた子の方が、亜紀の問いにそう答える。

異存はあるが、ここで言っても仕方が無かった。眼鏡の子は答えにこそ戸惑いはあるが、言葉ははっきりしていた。

もう一人の方は、亜紀と目を合わせようともしない。

それだけ見れば、どちらが多絵で、どちらが久美子かは判る。

「……その椅子、使っていいんで」

久美子に促されて、亜紀と稜子は、寮の机に付属している椅子に座る。

椅子に座って、亜紀は部屋を見回した。月子の荷物はまだ残されたまま。机の上にも私物が置かれていて、ベッドも棚も、月子の生活感がありありと残っている。黒色を基調とした小物が目立ち、机の上にはブックエンドに挟まれた本がある。そのうちの何冊かは、栞《しおり》を挟んだ状態で置いてあった。


『魔術』

『占い』


背表紙には、そういった文字が目立った。

活字中毒の本能として、その場で本へと手を伸ばしかけて、自制してやめる。

話の方が先だ。亜紀は静かに、椅子の上で脚を組んだ。そしてベッドに並んで身を寄せ合うように座っている二人に向けて、質問を始めた。

「じゃあ、最初に聞くけど…………あの〝そうじさま〟ってのは、何で知った儀式なの？」

「……」

質問をされた二人は、途端に戸惑ったように視線を交わし合った。

一見して何も知らないか、何か言えない事がある風情だった。じっと待っていると、やがて久美子が言った。

「わかんない……です」

「それは、どうして？」

「月子さんが、急に始めようって言い出したやつだから……」

困ったように、そう久美子は答えた。亜紀は月子の机の上のオカルト本の並びに、もういちど目を向ける。

「……雪村さんが？」

「うん、こういうのは、月子さんが考えるから」

久美子は言った。

「いつも？」

「うん。占いとか魔法とか降霊術とか、そういうのを月子さんは研究してたのよ。将来は占い師か霊能力者になるって言ってたっけ」

それを聞くと、隣に居る多絵が、しゃくりあげ始めた。

泣き出した多絵の頭を、久美子がはたいた。

「もお、いいかげん泣き止《や》みなさいよ。こっちが泣きたくなるよ……」

やり切れないように久美子が言ったが、多絵の嗚咽は止まらなかった。

芳賀の事情聴取でもこの調子で、多絵からはほとんど話が聞けなかったらしい。亜紀と稜子の目的の半分くらいは多絵から話を聞く事なのだが、こうして見る限りは、しばらくは話などできそうになかった。もっとも何か聞けたとしても、到底まともな事が言えるようには思えないのだが。始終この調子なら、芳賀が聞き出したという情報は、全て久美子が話した事なのだろう。

亜紀は少しだけ、久美子に同情的になる。

同時に、多絵に対して不快感が湧き上がる。

亜紀が多絵を見る目からそれを感じたのだろう。稜子がはらはらした目で亜紀を見た。

だがそれは、おそらく稜子が思っているであろう、肌に合わない者への怒りとか、苛立《いらだ》ちとか、そういうものでは無かった。亜紀は、多絵に自分と同じ匂いを感じて、自分のネガティブな鏡像を見ているようで、どうしようもなく不快だったのだ。

多絵の態度は不愉快だったが、多絵に対して怒りを感じる自分は、もっと不快だった。

亜紀は平静のシャッターを心に下ろした。何食わぬ顔で、質問を続けた。

「……じゃあ、二人とも、〝そうじさま〟がどこから出て来たかは知らない？」

「うん、一昨日〈儀式〉を始める時に、初めて内容を聞いたくらい」

何も気付かずに、久美子は答える。

「じゃあ雪村さんは、どこで知った儀式かは、言ってなかったって事ね？」

「うん、全然」

「そう……」

亜紀は溜息を吐いた。どうやら〝そうじさま〟についての詳しい情報は、月子があの世まで持って行ってしまったらしかった。

一番肝心な事だったのだが。

仕方が無い。質問を変える。

「……ねえ、雪村さんの『霊感』ってのは確かなの？」

亜紀は訊ねた。そうすると、久美子からひどくあっさりとした肯定が返って来た。

「うん」

頭から信じているという、そんな感じの答えだった。亜紀も空目の例があるとはいえ、ここまで疑いの無い返答はできないだろう。

「あれはね、間違い無い」

久美子は言う。

「本当に？」

「そりゃもう。疑うのも無理ないけど、一回でも月子さんと〈儀式〉をしたらそんな事は言えなくなるよ。占いもバシバシ当たるし、特に降霊術は凄かった。最初は一年の時ね。私、ここに来た時から月子さんとルームメイトでね、その時はまだ月子さんも普通の人だったの。でもその日、月子さんが〝コックリさん〟を冗談半分にやってね、月子さんが取り憑かれて大変な事になったの。

その時はどうしようもなくて、霊能者を呼んで助けてもらったんだけど…………それで月子さん、〝目覚めた〟らしくてね。後はもう霊能力者街道まっしぐら。予知とかもできるようになったの」

「予知？」

　身振り手振りで話す久美子に、亜紀は心の中で眉に唾しながら訊く。

　だが、

「そうねえ。例えば、三年の男子が野犬に襲われて死んだ事とか……」

「！」


　その久美子の言葉に、亜紀はぎょっとなった。

　思わず稜子に目をやると、稜子も目を丸くして亜紀を見ていた。そんな稜子の様子を見て、かえって亜紀は落ち着きを取り戻す。

「……野犬？」

　努めて冷静な声で、亜紀は言う。その事件に自分が深く関わっている事など、おくびにも出さずに。

「そう。知ってるでしょ？　あの事件。あの事件が起こる少し前にね、廊下ですれ違った男子を見て、月子さんが言ったのよ。『あの人、近いうちに犬に関わる事故に遭う』って。その人の後ろを、物凄《ものすご》い数の小さな黒犬が、ゾロゾロ付いて歩いてたんだって。そしたら、その後であれでしょ？　もう驚いちゃって」

久美子は大袈裟《おおげさ》な身振りを交えながら、言う。おそらく本当だ。〝犬神〟という部外者が知る筈の無いものを、月子は確かに見ている。完全に符号する。

「降霊術も凄かった。月子さんが〝コックリさん〟を主催すると、いつも十円玉がすごく動くし、やってる間じゅうどこかから変な音が聞こえるのよ。声が聞こえた事もあるよ。まあ、あれほど凄い事が起こったのは、あれが初めてだったけど」

「………」

「月子さんの霊感は本物だったから、月子さんは死んだのよ」

久美子は俯き、そう話を締めくくった。

「呼び出した霊が強力すぎて、呪われたの。そうに決まってる」

「そう……」

聞いていた多絵の嗚咽が激しくなる。

まだ話は聞けそうもない。うんざりしながら待ったが、嗚咽は収まらないので、少し落ち着いた辺りで諦める。亜紀は月子の机の方に顔を向けて、久美子に申し出た。

「雪村さんの私物を見ても構わない？」

久美子は躊躇ったが、すぐに了解の返事をした。

「……どうぞ」

「ありがと」

礼を言って亜紀は、早速月子の机を検分し始めた。

机にある本は、教科書を除いては占いの本が殆どだった。タロット・カード、占星術、ルーン占い。中には『黒魔術』などと称する本も混じっていたが、亜紀の見た限りでは、オカルトと呼ぶのもおこがましい、下らない『おまじない』の類に過ぎない。

目を引くものと言えば、本の間に挟まっていたウィジャ盤の説明書くらいだ。

市販されている輸入品のもののようで、質の悪い紙に英単語交じりの怪しい翻訳で『ウィジャ・ボードを使った占いのやりかた』が印刷されていた。

亜紀はひとしきり本を検めた後、机の引出しを開ける。

中にはオカルト趣味の子が好みそうな、魔術的な意匠の文具類が仕舞われていて、その中に説明書にあったプラスチック製のウィジャ盤があった。振り返って久美子に確認すると、久美子はそれに見覚えがあった。

「〝そうじさま〟を始める前は、それ、使ってました。あとそれで『自動書記』をして、霊からのお告げを聞いたり」

「なるほど」

亜紀はそれだけ言って頷いて、そのまま中身を調べるのを再開する。

引出しの奥からは、タロットカードやルーン占い用の石、五芒星《ごぼうせい》型のペンダントなどが続々と出て来た。

膨大な、おまじない用品。そういうものに否定的な亜紀は頭が痛くなりそうだったが、久美子や多絵には、どれも見慣れた品のようだ。

どれもこれも知識としてならともかく、信じて実行するというのは、亜紀には度し難く信じ難い。苦々しさを感じつつ、亜紀は月子の私物を検め続ける。

そのうち引出しを調べ終わると、机の下に月子のものらしいバッグを見付けた。何の変哲も無い、亜紀も持っているような中型のスポーツバッグだ。ただそれはパンパンになるほど中に何か詰まっている。かなりの重さがあった。

亜紀は多少不審に思いながら、そのバッグを机の下から引っ張り出した。

「これは？」

「さあ……？」

確認するが、久美子は覚えが無いようで、首を傾げる。

表面の手触りは固く、ごつごつしている。

亜紀は眉を寄せる。

「……ふーん」

少しだけ逡巡する。

しかし結局、すぐにバッグのファスナーに手をかけて、引き開けた。

詰まっている中身にファスナーが引っかかる。亜紀は金具をつまむ手に力を込めて、勢いよくバッグの口を開けた。

瞬間、中に詰まった真っ赤なものが覗いた。

「！」

驚いた亜紀は、思わずバッグから手を離した。

途端、バッグにぎっしりと詰め込まれていたそれは、自身の圧力で容《い》れ物《もの》を喰い破るようにして、どば、と中から溢《あふ》れ出《だ》した。真っ赤な内容物が床に吐き出され、その内容物はそのまま華のようにばら撒《ま》かれて、真っ赤な群れとなって瞬く間に散乱し、ばらばらと大きく床の上に拡《ひろ》がった。

視界が一瞬で真っ赤になったかのようだった。

そして粘りつくような甘ったるい油の匂いが、部屋中に広がった。

多絵の甲高い悲鳴が上がった。

全員が、それを見て絶句した。

中にあったのは――――ぎっしりと詰め込まれた、赤いクレヨンだった。

クレヨン。

様々なメーカーのクレヨンが、赤色ばかり集められて、スポーツバッグが破裂しそうなほど、大量に詰め込まれていたのだ。

それは無邪気に血の色をして、床に散乱していた。

あまりに病的な月子の遺品に、その場にいる誰もが冷たいものを背筋に感じた。

「────────!」

戦慄。

ひっ、と稜子が小さく悲鳴を押し殺し、久美子が口を押さえる。

泣き出す多絵。収まりかけていた嗚咽が、再び始まる。

嗚咽が響く、強くクレヨンの匂いが立ち込めている空気の中を、ひどく嫌な沈黙が、部屋の中へと広がって行く。

…………………

………………………………

3

放課後の、誰も居ない部室。
そこには空目とあやめ、そして俊也の三人だけが、それぞれ黙って座っていた。
それぞれ、ここで時間を無為に消費している。
俊也は何も言わず、じっと空目を見ているだけだ。
空目はずっと、視線を床に這わせて何かを考えている。
あやめはじっと、人形のように、そんな空目の隣に座っている。
それぞれ一言も、発する事は無い。
時間は黙々と、過ぎて行く。
「……」
やがて俊也が立ち上がり、空目の前に立った。
「────おい、何を考えてる？」
そして静かな部屋の中、俊也は低い調子で、空目に向かってそう言った。

その声は、静寂の中で、妙に大きく部屋に響いた。俊也の普通でない雰囲気に、あやめが微かに戸惑った顔をした。

俊也は無視した。

無論、俊也も世間話のつもりは無い。

空目は黙って、俊也の方へと視線を上げた。いつもの事ながら、その表情からは全く思考が窺えなかった。

「……」

普段から何を考えているのか判らない男だ。

だが今回ばかりは、空目が何について思索しているのかの、予想が付いていた。

「聞いたか？　〝そうじさま〟だとよ」

俊也は言う。

「〝目隠しで攫われた子供の霊〟だとよ。何の冗談だと思う？」

「………」

そこまで言って、俊也は空目の様子を窺う。空目は少しも揺るがぬ無表情で、じっと俊也を見上げていた。

普通の人間なら、こうするうちに自分の考えに不安を覚えるだろう。

そうでなければ焦《じ》れるか、さもなくば怒り出すところだ。

だが、俊也も揺るがなかった。

今回ばかりは、俊也も確信を持っていた。

「言っとくが、とぼけるなよ？　気付かない筈が無えだろ」

無反応の空目に、俊也は剣呑に目を細めた。

何しろ、いつかこんな日が来るのではないかと、思っていたのだから。

「空目想二《そうじ》。目隠しをされて、神隠しに攫われた。

符合してるよな？　お前の弟に。俺の考えは間違ってるか？」

俊也は言う。かつて空目と出会い、そして空目が喪服を纏うようになった時から、俊也はずっとこの日を待ち、同時に来ないようにと願っていたのだ。

空目と共に〝神隠し〟に攫われて、帰って来なかった想二を、今でも空目は探しているのだと俊也は確信していた。

そして、とうとうその名が現れたのだ。

コックリさんの変名という、俊也の想像とは限りなく違う形で。いや、こうして思えば、限りなく相応《ふさわ》しい形で。

「…………違うか？」

もう一度重ねて、俊也は言った。

睨むように見下ろして。するとようやく、空目が反応した。

「……いや、その通りだ」

静かに首を横に振って、空目は俊也の言葉を肯定した。そして、諦めたかのように、小さく溜息を吐いた。

その溜息が気になって、俊也は言う。

「何だよ」

「気にするな」

空目は答えた。

「巻き込みたくないなんて言うなよ？　今更」

俊也は腕を組んだ。全てはあの神隠しの夜に、始まってしまったのだ。そしてそれは、空目の望んだ事でもあるのだ。

ここで降ろされるつもりは、俊也には毛頭ない。

だからこそ、俊也は芳賀に対して何も言わなかった。

訓練された猟犬が、主人の邪魔をしないように。今までの沈黙は全てその顕《あらわ》れ。他の皆はともかく、俊也だけは最後まで、空目のする事に関わるつもりだった。たとえ空目が何と言おうともだ。

「もう巻き込んでしまったからな。そんなつもりは無い」

空目は言った。

「だが村神、お前は先走りすぎだ」

そして空目はそう、冷ややかな目で俊也を見上げる。

「何がだ？」

「情報に対して過剰に反応するな。似ている事は、あくまでも似ているに過ぎない。イコールでは無い。確かに想二と〝そうじさま〟は符合する。だが似ているだけだ。本当に関連するかは、まだ不明だ」

ことさら否定的に言う空目に対して、俊也は言い切った。

「そうは思わねえな」

しかし断定的な俊也をたしなめるように、空目は言う。

「お前は想二を待っていたのかも知れんが、俺は違う。待ち構えるという事は〝そうあって欲しい〟という望みか、〝そうなるだろう〟という確信からだ。それは確実に〝思い込み〟を招く。注意した方がいい。事実による確信に足りないものは、全て幻だ」

その結論を曖昧にしようとする物言いに、俊也は眉を寄せた。

「……あれほど符合してか？」

「〝似ている〟という概念自体が、主観の産物だ」

「偶然とは思えねえが」

「現実とは、目の前にある事だけが全てだ。情報は情報、現実は現実。分けて考えなければ、願望によって自分の脳の中に嘘が作られるぞ」

俊也は言い募るが、空目はどこまでも冷静だった。

「そうか？」

俊也の不信も揺らがない。

だが、それに対する空目の言葉は、俊也を狼狽《ろうばい》させた。

「そもそも俺が想二を探しているという情報は、何の証拠がある？」

「！」

思ってもみなかった事を言われて、俊也は言葉を失《な》くした。

「つまり、そういう事だ。確認の無い憶測が、いつの間にか頭の中で現実にすり替わっている事は多い。今回の件が本当に想二と関係があるかは、どこまでも主観でしか無いし、願望でしか無い。予断から物を言う事はしたく無い」

そう空目は言って、口をつぐんだ。

沈黙が降りる。

「…………」

「…………」

そうするうちに下校の時間になり、二人の沈黙の間に、高らかにチャイムが鳴り響いた。

そして下校のチャイムが鳴り終わる頃には、俊也は落ち着きを取り戻していた。話題を逸らされていた事にも、もう気付いている。

「それは証拠の問題で、事実かどうかは別問題だよな」

「そうだな」

その俊也の言葉に、空目は小さく鼻を鳴らす。

再び短い沈黙が降り、俊也は口の端をへの字に歪めた。俊也は今まで、あえて訊かなかった問いを空目に向ける事にしたのだ。少しだけ覚悟が必要だった。

「なあ、もし〝そうじさま〟とお前の弟に、本当に関係があったら――――お前は、どうするつもりだ?」

その問いは、空目の本質に関わる気がして、だからこそ避けて来た問いだった。

それはかなり思い切った末の問いだったが、それに対する空目の答えは実にあっさりとしたものだった。

「どういう関わりかによるな」

そう言う空目の表情は、緊張した俊也に比べて、恐ろしく静かだった。

「どういう、ってのは、どういう意味だ？」

「関係があったとしても、そのものである筈は無い。あれから何年経ったと思っている？　この世では無い場所に取り残されて、何年も経ってから帰って来たモノが、元と同じものだと思うか？　だとしたら、どうなっている？」

意外に冷静な推論を、空目は口にする。それは同時に、淡い希望など入る余地の無い、ぞっとするような冷たい推論。

「それはそうだが……」

「考えられる中で可能性が一番高いのは、想二の行方不明事件が、創作儀式のモチーフにされた可能性だろう」

空目は言う。

「誰かが事件をモデルに、その霊を呼び出すという形の新しい〝コックリさん〟を作り出したという事だ。わざわざ〝そうじさま〟と名指しだが、偶然想二の事件から作られたのか、それとも最初から意図して想二の名が選ばれたのかで状況は随分変わる。もちろん誰が作ったかという事も問題になる。

なぜ〝そうじさま〟が現れたか考えるにしても、それが自然発生的に生まれたものなら俺が突っ込むべき部分はどこにも無い。誰かが作ったものなら、それは理由を問い質す必要があるだろう。調べるにしても全てはそこからだ。まずは、例の〝そうじさま〟をやったというグループに話を聞く事が必要だ。だがそれはもう木戸野に指示した。どこかで誰かから聞いた儀式なのか、それとも自分で考えたものなのか。今できる事といえば、それくらいだ」

あまりにも淡々と述べられる、空目の考え。

「言っておくが、俺はまだ想二を見付けたなどとは思っていないぞ?」

「だが……」

「落ち着け、村神」

それでも言いすがる俊也に、空目はぴしゃりと言う。

「何を焦っているのか知らんが、まだ何も始まっていない。勘違いするな」

「……!」

言われてみて初めて、俊也は自分が焦っているのだと気付いた。

何に焦っているのかは判っていたが、なぜ焦っているのかは自分でも判らなかった。

今までずっとその事について考えていた気でいたが、考えが思いのほかまとまっていない事に、俊也は今更ながら気付かされた。

想二を見付けたら、あるいは、その手掛かりを見付けたら、どうするのか。

覚悟だけはしておきながら、驚くほど俊也はその考えについて、避けていたのだ。

これほど楽な思考停止は無かった。

同時に、これほどあやふやな覚悟も無かった。

「……訊いていいか」

　俊也は言う。

「何だ？」

「想二そのものを見付けたら、お前はどうするんだ？」

　決定的なその問いの答えも、簡潔なものだった。

「その質問には答えられない」

　空目は言った。

「……何故だ？」

「どのような状態で見付かるかによって、対応が全く変わるからだ」

「む」

「そして、その例について語ることは、俺にもお前にも予断を与える事になる。無駄な上に危険だ。分からないモノについては、語らない方がいい」

「……」

　俊也はそれ以上は、何も訊けなかった。

「安心しろ。俺は俺だ」

「……」

「今までと、何も変わらない」

空目はそう言って、窓の外に目をやった。

立ったまま苦悩の表情を浮かべる俊也を、あやめが心配そうな顔をして見上げていた。時間が、また過ぎた。


「…………」


しばらくの、逡巡の末。

俊也は言った。

「想二の事を、皆には教えても構わないか？」

苦悩の混じる言葉。それは俊也としては、最大級の決断だった。

詳しい事を皆に教えてしまえば、もはや空目と俊也だけの問題にはできなくなる。その代わり皆が知る事で、そして必要以上に皆を巻き込む事で、空目も突出した行動をする事が難しくなる。

俊也が空目に置き去りにされないように、皆を巻き込む。

俊也にとっては、それは最悪に近い決断であり、脅迫だった。

だが、こうしなければ確実に空目に置いて行かれるであろう事を、身に染みて俊也は感じていた。今の会話でそれが証明された。俊也の覚悟だけでは空目は守れない。空目の考えは誰にも分からないまま突然に実行されるだろう。全てを置き去りにして、空目はただ誰にも分からない自分の考えに躊躇《ちゅうちょ》なく従うだろう。

空目に重りを付ける。

そう脅す。

空目はしばらく、無表情に外を見ていた。

そして、

「……好きにしろ」

と一言だけ言って、立ち上がった。

空目は部屋を出る。その後を、あやめが慌てて追った。空目の姿がドアから消え、あやめが続く。だが、あやめは部屋を出る時に、一瞬だけ微妙な表情で俊也を振り返った。

「……」

その表情が何か訴えたが、それが何を意味するものか、俊也には計りかねた。

あやめは何も言わず、そのまま空目の後を追って小走りに駆けて行った。

後には沈黙が、降りた。

俊也はしばし、夕刻の光の中、部屋の中に立ち尽くしていた。

四章　あくむいろ

1

また、武巳はあの夢を見た。

……………………

……………………………………

＊

その日は珍しい事に、俊也が皆を呼び出した。
聞けば至急の話だという。部外者には聞かれたくない話らしいので、それならば部室は適当とは言い難いので、武巳達は昼休みに、人が居ない小教室を占拠して集まった。

購買で買ったパンなどをめいめいが持っていて、一見すると友達同士の昼食に見える。

いや、実際にそれで間違い無い。だが、そこでされた話は、普通の友達が集まってするような類の話では、断じて無かった。


「どうしたもんかねえ……」


亜紀が呟く。

言いながら視線を向ける先には窓があり、その先には月子の落ちた石畳がある。

事件の後で水が撒《ま》かれたが、よく見ればあちこちの石畳の隙間に、血の色の痕跡が溜まるように残っている。なのでこの近辺には、今はあまり人が近寄らない。

そんな場所にある教室で、皆、黙っている。

つい今しがたまで話題にしていたのは、俊也によって伝えられた、空目の弟の話だった。

昔、空目と共に『神隠し』に遭って還《かえ》らなかったという、空目の弟の名前が〝想二〟なのだという話。そして、それが今回の〝そうじさま〟と、明らかに符合しているのではないかという、そんな疑惑についてだ。

誘拐犯に目隠しをして連れ去られ、殺されたという〝そうじさま〟。

名前は合っている。そして誘拐犯を神隠しに置き換えれば、〝そうじさま〟の設定は、簡単に〝想二〟の事件に当て嵌まる。

攫われて殺された、そして攫われて帰って来なかった、二人の〝そうじ〟。

聞かされれば誰でも符合が思い付く。だが考え過ぎと言われれば、それまでではある。

しかし空目は――――その話を敢《あ》えて皆にはしなかった。そして、俊也によって皆の前で暴露された空目は、特にその疑惑を否定しようとはしなかった。

空目の場合、それは肯定と変わらない。

間違っているならば、空目は確実に一笑に付す。

「…………………」

説明を求める皆の視線を、空目は無表情に受け止めた。皆を見回し、武巳を見、最後に誰より強い視線を向けている俊也を見て、小さく溜息を吐いた。

「……聞いても仕方が無いぞ？　可能性の一つに過ぎん」

陥落の合図だった。

亜紀が言った。

「構わないよ。是非聞きたいね」

「何をだ？」

「まず恭の字の弟について。それから、その弟を〝コックリさん〟にしたとして、どんな意味があるのかについての推察。後は何でその事を黙ってたのか」

短時間で、亜紀は空目に対する基本的な問いをまとめ上げる。

「俺の想二に関する記憶は、そう多くないぞ？」

空目は言った。

そして言いながら、深い記憶を探るかのように目を閉じて、静かな口調で、空目想二について語り始めた。


　　　　　　　　　……………


空目と想二が〝神隠し〟に遭ったのは、空目が五歳、想二が三歳の時だった。

近所にある公園から家へ帰る途中で見知らぬ人に声をかけられ、気が付いた時には目隠しをされて、誰かに手を引かれていたのだ。

その時の記憶は曖昧で、いくつかの断片的な記憶しかない。結局、空目が見つかったのは一週間後で、その後の最初のまともな記憶は、病院でのものだ。

そして想二は帰って来なかった。

よって空目の持っている想二の記憶は、それ以前のものになる。

何しろ五歳児の記憶なので、弟の顔形も碌《ろく》に思い出せない。おまけに写真が全く残っておらず、記憶は失われる一方だ。

写真が残っていないというのは少し異常だが、理由があった。

想二が行方不明になってから、母親が精神のバランスを崩した。

母親は日がな一日アルバムを開いて、想二の写真を眺めて暮らしたらしい。全く家事も手に付かず、口を開けば想二の事ばかり口にする状態だった。

父親は苦々しく思いながらも、妻の行いを放っておいた。

そのうち収まるだろうと思っていたようだ。

だが一ヶ月が経ち、二ヶ月経っても、母親の様子は少しも変わらなかった。そうして三ヶ月近くが経ったある日、家に帰った父親は、夕食の支度がされてないのを見て、とうとう逆上して、アルバムと写真を全て庭で焼いたのだ。

想二の写真は、こうして失われた。

結果、母親はさらに精神を病んだ。精神も家族も修復が不可能になり、結局離婚という結果になった。

このため、写真は無い。つまり外見の手掛かりは無い。また、空目も想二について殆ど憶《おぼ》えていない。いくら空目とはいえ、所詮は五歳児の記憶だ。

その中で、唯一に近い、想二に関する記憶がある。

それは、赤いクレヨンだった。

想二は落書きが好きで、クレヨン、特に赤いクレヨンで絵を描くのが好きだった。

空目の記憶では、空目が昔持っていたクレヨンはいつも赤だけ無くなっていた。想二が自分の赤色を使い果たし、兄のクレヨンからも赤を持ち出していて、自分のクレヨンセットからも赤が消えているのをよく憶えていたのだ。

　それだけだ。

　それだけ。

　想二について憶えている事は、あまりにも少ない。

　空目は、それだけを語り終える。

　…………


「実際、俺が想二について分かるのはこれくらいだ」

「……」

「だから、この〝そうじさま〟が実際に〝想二〟と関係があったとしても、俺には確かめる術が無い」

　皆がそれぞれの、様々に抱いた感想によって絶句している中、空目はそう言って、机の上で指を組んだ。

「近藤が見たという夢の子供を想二かどうか判定する事すら、俺はできない。それができない以上は、考察の対象にするのは労力の無駄になる。

　同じように、今まで話そうと思わなかったのは、同定の手段が無い以上、可能性として提案するのが無意味だろうと判断したからだ。考察するのも、知識として共有するのも、俺の記憶とは別の要因によって『そうである』事が確定した時で、充分だ」

空目は淡々と言う。その様子は自分の事でありながら、どこか他人事《ひとごと》のようだ。

顔も覚えていない弟の事など関係ないと言わんばかりにも見える。

そして、そんな無感動な態度で、空目は皆へと言う。

「この情報には――――現状、意味が無い」

言い切る。

それらの言葉は空目の心情にも、また、今も喪服として着ている黒ずくめの意味にも、触れられてはいなかった。

武巳は俊也を見たが、俊也は眉を寄せて黙っていた。

それなら武巳も、それらの事について空目に訊ねる度胸は無かった。

「でもさ、〝赤いクレヨン〟はどうよ」

それでも、これだけきっぱりと撥《は》ね付《つ》けられておきながらも、亜紀は突っ込んで言う。

「まるで、恭の字の弟くんの事を、詳しく知ってるようなお膳立てに思えるけど？〝そうじさま〟は」

「そうだな」

空目は一応といった風に頷いた。

「もし知っていたんだとしたら、雪村さんはどこで知ったんだろうね？」

「その詮索は、木戸野があの二人から話を聞いた通り、手掛かりが途切れている」

亜紀の問いかけを、空目は一蹴した。

「……そうだね」

無理矢理に捩《ね》じ込んで済《な》し崩《くず》しに話題を発展させようとしたようだったが、亜紀は軽く溜息を吐いて、その方面からの追及を諦める。

「じゃあ二つめの質問。弟君を〝コックリさん〟の設定にする事に、恭の字は何の意味があると思う？」

「……」

それに空目は答えなかった。

だが亜紀は、

「思考実験として聞かせてくれない？　〝そうじさま〟が弟くんを元にしたものじゃ無かったとしても、何かを元にした降霊術の可能性が高い以上、その手法とか目的について、一般論として私らが知る事には意味があると思うんだけど」

と更に押す。

その提案には考慮するものを感じたのか、空目は刹那、思考した。

そして答えた。

「――意味となると、不明だ。だが、最初に〝そうじさま〟の手法を聞いた時に、俺はとある『実験』を連想していた」

その空目の答えに、亜紀が皆を代表して、首を傾げた。

「実験？」

「交霊会というものに関する一つの実験だ。『トロント心霊研究協会の人工幽霊実験』というのを知っているか？」

もちろん誰も知る訳が無かった。

「知らないね」

「七〇年代、トロント心霊研究協会という組織が、それまで行われていた『交霊会』に関する、一つの興味深い実験を行った」

皆が知らない事は予想していたようで、空目は頷いて説明を始めた。

「前に『交霊会』については説明したな？　アメリカやヨーロッパで流行した、数人が集まって卓を囲み、様々な自動作用やラップ音を用いて、故人の霊から質問に答えを得たり、交流しようと試みた集会の事だ」

「そだね。それは聞いたね」

「この『交霊会』は通常、会の参加者の身内や友人といった〝実在の死者〟と交流する。参加者は近しい故人と触れ合いたくて会を行うのだから、まあこれは当然の帰結だろう。

こうして交霊を行うと、しばしば自動作用やラップ音が起こり、稀には姿が見えるなどして実際に霊との意思疎通が行われたという。自動作用のみならず、ラップ音でYes、Noを答えるといった事例がいくつも報告された。よって『交霊会』は霊の実在を示すものとして長く信用され、今でも場合によっては行われる。近しい死者との交流だけでなく、心霊現象の原因である霊と意思疎通するためなど、例には枚挙の暇がないほどだ」

空目はまずそこまで説明して、いいか？　と一同を見回した。

「その『交霊会』の実績を踏まえた上で、トロント心霊研究協会は『交霊会』に関する一つの実験を考えた。彼等は『交霊会』を、実在の死者や確認されている霊ではなく〝架空の死者〟によって行うという実験をした」

「架空？」

「そうだ。まず実験に当たって、彼等は〝架空の死者〟の設定を創る事から始めた。フィリップという架空の十七世紀の人物を設定し、その生まれてから死ぬまでの、詳細な虚構の経歴を作ったんだ。そして――――全員でその設定を信じ込んで、フィリップの霊と交信する『交霊会』を行った」

「！」

「すると数度の実験を行ううちに室内に霊の気配を感じるなどの現象が起こり始め、そのうちにラップ音までもが発生した。メンバーはYesなら一回、Noなら二回というラップ音によるコミュニケーションを、フィリップと行った。フィリップの霊は返答を返した。もちろんフィリップという人物は実在していないにも拘らずだ」

「…………」

皆は空目の説明を、思わず息を呑んで聞いていた。

「この実験結果が何を指すものかは、現状では不明だ」

空目は言う。

「だが、この『実験』に、非常に近いシチュエーションのものがあるな？」

言って、空目は改めて皆を見回す。

稜子が呟いた。

「〝そうじさま〟……？」

「その通りだ」

空目は肯定すると、鋭く目を細めた。

「聞く限り〝そうじさま〟はこの『実験』とほぼ同じプロセスを踏んでいる。そしてもう一つ言える事は、交霊ゲームとされている〝コックリさん〟も、実態としては『交霊会』よりもこの『人工幽霊実験』に近いという事だ。

交流の相手として実在の死者の霊を想定していない以上、〝コックリさん〟も『人工幽霊実験』も厳密には『交霊』とは言えない。つまり〝コックリさん〟は、霊を呼び出す儀式というよりも、霊を作り出す儀式に近い」

「…………！」

「おそらく〝そうじさま〟もだろう。これは霊を呼び出す『降霊術』ではなく、形の無いものに形を与える『召喚魔術』に属するものだ。本来は認識できない高次の存在に、イメージ力によって形を与えるのが『魔術』の一側面だ。そして魔術には『人工精霊の召喚』という明らかに同一ジャンルの、精霊を〝作り出す〟技法がある。

俺の考えでは、〝こっくりさん〟は呼び出す対象を定めずに、その場の雰囲気で人工の幽霊的存在を作成するという不安定な『召喚魔術』であり『人工幽霊実験』だ。そして〝そうじさま〟は対象を定めている事から、『人工幽霊実験』そのもので、またより完全に近い『召喚魔術』だと考えている。だが、それらは目的では無い。手法であり手段でしか無い。だから結論としては、〝そうじさま〟が俺の弟の想二をモデルとしたものである可能性を否定する事はできないが、そうであったとしても、何を目的としたものかは皆目見当が付かん、というものになる」

そこまで言うと、空目は小さく鼻を鳴らした。

その知識と推論の圧力に、しばし部屋には、沈黙が落ちた。

稜子がやがて、辛《かろ》うじて、言った。

「……それを……月子ちゃんが、作った？」

「確定はできない。だが、第一の容疑者である事は間違い無い」

空目は答える。

稜子は絶句し、手元の食べかけのまま放置されてしまったパンを見詰める。亜紀はしばらく眉を寄せて考えていたが、やがて口を開いた。

「その事――〝黒服〟は知ってるのかね？」

「！」

俊也も稜子もぎょっとした表情になった。確かにそれは一番の問題になり得る話だ。この先の空目の、進退にも関わる。

だが――

「もちろん知っているだろうな」

事も無げに返って来た空目の答えに、一同はさらに目を剝《む》いた。

あまりに断定的な答えに、思わず武巳は言った。

「な、なんで……？」

「最初この話を受けて、それに村神が反対しなかった時、芳賀が何も反応しなかった」

「え？」

「今までの経緯からして、村神があそこまで大人しくしていたら、あの男なら疑問か皮肉の一つも言うだろう。それなのに当然のような顔をしていた。芳賀は〝そうじさま〟と〝想二〟の符合を知った上で俺達に話を持って来た。断らないだろうと最初から踏んでいたんだ」

面白くも無さそうに空目は言った。

「大体、俺が〝神隠し〟に遭った事を知っていて、想二の名前を知らない筈が無い。俺と想二は一緒に〝神隠し〟に遭い、俺は還って来て、想二は還って来なかった。つまり奴等は〝そうじさま〟が想二の事だと思っている。少なくとも俺達がそう思って行動するだろうと確信している」

「…………」

皆は顔を見合わせる。

空目が口を閉じ、しばらく誰も何も言わなかった。部屋に今度こそ本当に沈黙が降りた。

やがて、ぽつりぽつりと、話し合いが再開されるまで、かなりの時間を要した。思いは色々だったが、誰に取っても一つだけ確かだったのは、いずれにせよ全くの無策では話にならないという、ただそれだけの事実だった。

2

放課後、稜子は亜紀を連れて、再び女子寮の三号棟にやって来た。

多絵が寮から出るのを嫌がるようになり、二人と話をするためには寮まで出向く必要が出たのだった。

久美子の話によると、多絵も久美子もここ二日間、武巳が見たのと同じ夢を見ているのだという。目隠しをした子供に手を引かれて、学校を歩き回る夢だ。

多絵はそのため、学校に行くのを恐れているらしい。


「面倒だね」

「亜紀ちゃん……」


亜紀が毒付き、稜子が窘《たしな》めながら、二人は久美子の部屋へ向かった。

多絵の部屋は事件とは関係ない子との二人部屋なので、この種の話をするには向かない。

久美子の部屋の前に行くと、気のせいか肌に感じる暗い雰囲気があった。放課後の女子寮は特有の喧騒に包まれていて、いくつものドアの前を通る中には、部屋の中から笑い声が聞こえてくるくらい賑《にぎ》やかな場合も多いにも拘らずだ。

放課後の寮には、そのものに住人の気配と活気がある。

だが、それに対して久美子の部屋は、中に人が居るのかも分からないほど静かだ。

亜紀は眉を寄せ、稜子は心配そうな顔になる。

そしてノックをして、ドアノブを捻る。

「――――ちわー……」

声を潜めたせいで前半が不明瞭な挨拶を口にしながら、稜子が部屋に入ると、久美子が出迎えた。中にはちゃんと多絵も居て、月子の割り当てだったベッドに寝て、来客に対応して、のろのろと上半身を起こしていた。

「……あれ？」

稜子は、その多絵の格好を見た途端、不思議に思った。

多絵がパジャマを着ていたからだ。

見れば多絵のものらしい着替えの入ったバッグが、口の開いた状態で置かれていた。それを見つけた稜子は、多絵に言った。

「多絵ちゃん、こっちに泊まってるんだ？」

「……」

多絵は無言で、頷いた。

「そうなのよ」

久美子がその横で溜息を吐いた。

「昨日からね、一人じゃ怖いから泊まらせてくれって言うのよ。ルームメイトがちゃんといるのに。何が一人なんだか。一人は私だっつーの」

「………だって……」

多絵は久美子の愚痴に言葉を挟んだが、先には何も続けなかった。それを見て、久美子が肩を竦めた。

寮生の稜子には大体見当が付く。

多分、多絵は同室の子と親しく無いのだろう。

寮では一年ごとに、希望によって部屋替えがされる。だから多絵のように極端に内向的な子は、誰とも仲良くなれないまま他のあぶれた子と同室にされる事がある。

幸い稜子はそうでは無いが、ルームメイトと顔を合わせるのは寝る時だけという部屋もあるそうだ。しかも月子達グループの評判が芳賀に聞いた通りなら、きっと多絵は普通の子に歓迎されないだろう。

うっかり寝言も言えないに違い無い。多分それで、多絵は逃げてきたのだ。


「……で、また例の夢、見たんだって?」


そうしていると、亜紀が患者の調子を訊く女医さんのような事を言って、前回のように椅子に腰掛けた。多絵の件について、稜子と苦笑いしあっていた久美子は、それを聞いて慌てて亜紀の方へと向いた。

「あ……うん、そう。そうなのよ」

「二人とも、だっけ？」

「うん、そう」

亜紀が多絵に向けた問いにも、久美子が返答する。

頷く亜紀。そんな亜紀に、久美子が質問した。

「ねえ、それでさ、結局どうなの？」

「……ん？」

「やっぱり私達も。月子さんみたいになっちゃうの？」

その久美子の声には微かな不安と、それとは別の何かが混じっていた。

「さあ？　まだ何とも言えない」

亜紀は答える。

「どうかしたの？　急に」

逆にそう訊かれると、久美子は躊躇いのあと少しだけ難しい顔になって、声を抑えて稜子達へと訊ねた。

「……ねえ、ぶっちゃけて聞くけど、二人は月子さんの『霊感』は、信じてる？」

その問いに、亜紀が小さく眉を寄せた。稜子はどう答えていいものか困って、亜紀の顔を見た。稜子自身は疑っている訳では無いが、かと言って信じているというほど、深く考えてもいなかった。亜紀は一瞬だけ逡巡し、はっきりと頷いた。

「……ん、本物だと思ってる」

「あ……私も……」

稜子も追従した。久美子は頷き、自分の机まで行って、その引出しを開けた。

そして中から、白い色の封筒を取り出した。

「多絵がね、こんなもの隠してたの」

真剣な表情で、久美子は言った。久美子がそう言った瞬間、多絵がびくっと怯えた。

「何？」

亜紀が封筒を受け取る。封筒を開けて、中から便箋のようなものを取り出して——そしてその表情が、さっ、と強張った。

「な、何？」

戸惑う稜子に、亜紀はまず自分が目を通してから、その便箋を稜子へと差し出した。稜子は訳が解らないまま受け取って、ゆるく畳まれていたそれを開いて、そして目に入ってきたその文字に、一瞬にして顔から血の気が引いた。


『遺書』

文の最初には、その二文字が書かれていた。

そしてそれは何のつもりか、真っ赤なクレヨンで書かれていた。

それは、便箋に印刷されている罫線《けいせん》を殆ど無視するような形で、紙一面に乱雑に書き殴られていた。その体裁も異様だったが、そこに書かれていた文面も、見た目に負けず劣らず、異様なものだった。

それにはこう、書かれていた。

『遺書
私はとんでもないものをこの世に召喚してしまいました
私はこの学校の生徒みんなの守護霊となるべき霊の召喚を試みましたが彼は私の思っていたものとは違いました
きっと彼は学校の生徒たちを死の世界へとひきこみます
すべては私の持っている世にも忌まわしい力が原因です
力あるものの使命として召喚主である私の血と私の肉と私の忌まわしい力をもって彼をもとの世界へと還します
かなしまないで　雪村月子』

……読んだ。そして、言葉も無かった。

一体これに対して、稜子は何と言っていいのか判らなかった。

そんな稜子を余所《よそ》に、亜紀は二人に向かって質問をしていた。言葉は努めて平静だったが、その眉は厳しく寄せられていた。

「……これ、どうしたの？」

久美子が答えた。

「多絵が持ってた」

「森居さんが？」

「さっき学校から戻って来たら、これを多絵が持ってたのよ。問い詰めたら、月子さんが飛び降りた日に、月子さんの鞄の中から見付けたって言ってた。見付けたけど、動転して、ずっと言い出せなかったんだって。それで警察にも言いそびれて、今さら言えなくなって、困ってたらしいの。聞いた時はさすがに呆れちゃった。信じられない事するよね……」

溜息を吐く久美子。多絵は布団を抱きしめて、怯えたような顔で縮こまっていた。

亜紀は物が言えないほど呆れているようだ。とは言えさすがに、稜子もこれにはフォローの言葉が思い付かない。

「でさ、それで考えたのよ。この『遺書』を誰かに見せるか、それとも黙っとくか、どうしようか、って」

そんな二人に、久美子は言った。

「でもこの内容じゃあ、警察に見せたら間違いなく月子さんはサイコさん扱いだよね。だからあんた達に訊いたの。月子さんの『霊感』は信じるか、って」

「！」

「信じてない、って言ったら、これは捨てちゃおうと思ってた。月子さん、自分の『霊感』には凄いプライド持ってたから、信じてない人に見られてイタい人扱いされたら、さすがに可哀《かわい》想《そう》だと思って。きっと皆、月子さんの事は、『霊感』の事ばっかり言うよね。でも私には、その前から友達なのよ」

稜子は亜紀と顔を見合わせる。

その言葉には、単なる霊感サークルの信奉者のものでは無い、別の何かがあった。

「……ありがとね。嘘でもいいから、月子さんを信じてくれて」

ぽつん、と久美子は言った。

その言葉からは、久美子の抱えた、巨大な孤独が透けて見えていた。

「ん」

亜紀は静かに頷いて、目を細めた。

そして、何も言わなかった。

＊

亜紀と久美子が『遺書』を持って、空目達に見せるため、出て行った。

久美子の部屋には、多絵と稜子が残って、久美子の帰りを待っていた。

部屋の中は静かだった。隣室や、寮そのものの喧騒ばかりが、部屋の壁から浸透するように聞こえて来る。多絵はベッドの上に座ったまま、ずっと布団を抱いていた。まるで放心状態になっていて、他にやるべき事が何も思い付かないかのようだった。

もしかしたら、今までも、ずっとこのままで一日過ごしていたのかも知れない。

稜子は心配になって、声をかける。

「……多絵ちゃん」

多絵は黙って、視線を上げた。

「大丈夫？」

「……」

やはり何も言わずに多絵は頷いた。その反応はいつも通りのものだったが、それでも何となく心配が抜けなかった。

単に、ベッドの上の多絵が病人っぽく見えるからかも知れない。

それでも、気を遣わないという選択肢は稜子には無い。

「ねえ……」

稜子は話題を探す。

「月子ちゃんって、多絵ちゃんにとって、どんな人だったの？」

「え……？」

その末に出た唐突な稜子の問いに、多絵は戸惑ったような顔をした。稜子も言ってしまってから、ちょっとおかしな言い方だったと気付いた。

「あ、えっと……」

慌てて稜子は、言葉を繋ぐ。

「……えっとね、多絵ちゃん。わたしもね、お姉ちゃん、死んじゃったでしょ？」

「………………」

多絵の表情の、戸惑いが広がる。

だが、

「身近な人が死んじゃった同士だな、って思って」

その稜子の言葉を聞くと、多絵の表情から、少しだけ戸惑いが抜けた。同じような心の傷を持つ同士なら、話しやすい事もあるだろうと、稜子は思ったのだ。唯一、事情を完全に共有している人は、押しの強い久美子だ。多絵のような子には話し辛い部分もあるかもと思って、稜子は訊ねてみた。

「共有できる気持ちもあるかな、って思って。だから、多絵ちゃんの見て来た月子さんを、よかったら、教えて？」

できるだけ優しく、稜子は言った。

実際、月子がどういう人物だったのかという興味もあった。

多絵は頷いた。

そして、ぽつりぽつりと、口を開き始めた。

「…………月子さんは……私に〝違う世界〟を教えてくれた人なの」

多絵は言った。

「違う世界？」

「うん……私――――現実の私って、いつもこんなで、とろくて、内気で、臆病で、美人でもないし背も高くない、運動もできない、駄目な人間でしょ……？」

「そんなことは……」

「……いいの。自分で知ってるもん。だから……私、現実が嫌いだったの。今でも嫌い。辛《つら》いんだもん。私ね……小学校と中学校の時、いじめられてたの。死にたかったけど…………怖いし、死ねなかった」

「そう……」

「私……魔法とか呪いとか、別の世界とかに憧れたの」

か細い声で、多絵。

「意志とか想像で他の人が殺せるなら――――きっと私にもできるもの」

蚊の鳴くような声で言ったのは、そんな心の闇。

「でも………現実には、ずっとそんな事は起こらなかった」

「……」

「諦めてたの。不思議な事なんて、無いんだって。だけど……そんな私に、月子さんは見せてくれたの。この世界には本当に、〝不思議な力〟はあるんだって」

「……」

稜子は、何を言っていいのか、かける言葉を失くす。

「コックリさんに取り憑かれて、月子さんは『霊感』を手に入れたの。そんな月子さんに、憧れてたの。私も『霊感』が欲しかった。現実じゃ無い不思議な力。月子さんと一緒にいれば私も月子さんみたいになれる気がした。月子さんとコックリさんを続けてたら、いつかは私もあなれるかも知れないって思ってた。月子さんが導いてくれる筈だった」

「…………」

「でも――――何で、何で月子さんが死んじゃうの⁉」

そこで多絵は、押し殺した嗚咽混じりに、叫んだ。

「何で霊なんか信じてない常識に凝り固まった人達じゃなくて、霊を信じてる私達の方が、霊に殺されなきゃいけないの……？」

「多絵ちゃん、それは……」

「信じてるのに！　信じてたのに！」

「多絵ちゃん……」

「……私もう、何で自分を支えればいいのか、判らないよ…………」

多絵はそう言うと、何度も月子の名前を呼びながら、泣きじゃくり始めた。もう話などできなくなった多絵を見ながら、稜子は気の毒に思い、しかし何かが違うとも思い、結局かけるべき言葉が見付からなかった。

だが同時に、羨ましいとも思った。

友達にこんなに悲しんでもらえるなら、月子も幸せなのではないだろうか。

それにひきかえ自分はどうだろう。稜子は思う。実の姉が死んだというのに、稜子はさほど悲しかったという憶えが無いのだ。それどころか姉の死に関わる出来事の全てが、遠い記憶のように霞《かす》んでいた。

実は稜子は――――誰にも話していないが、密かにそれに苦しんでいた。

あんなに仲が良かった姉の死が、悲しくない筈は無いのに、稜子には、その時に悲しんだ憶えが無いのだ。

現に、今思い出せば、辛い。

それなのに、その時の事が、思い出せない。

月子の死に悲しむ多絵を見ながら、稜子は姉に対する罪悪感で一杯になっていた。身内の死に悲しむ事もしなかった自分が、とてつもなく非道い人間に思えた。


「聡子お姉ちゃん……」


稜子は多絵に聞こえないような声で、小さく呟いた。

その無意識の呟きを聞いた者は、呟いた稜子自身を含め、誰も居なかった。

3

空目に『遺書』を見せ、その後で久美子と学校で別れてから、一時間と少し。

降るように夕闇が迫る中、亜紀は、空目の家の前に立っていた。

空目に俊也、武巳が一緒に居る。空目が玄関の鍵を開ける後ろで、後の三人が煉瓦《れんが》色の外壁を眺めている。

鍵を開ける空目は無表情だが、内心どう思っているかは判らなかった。

ここに皆が来たのは、決して空目の意志からでは無かった。

亜紀達がここに来たのは——空目の家を家捜しするためだ。

昼休みにした話し合いの結果、空目想二に関する手掛かりが空目の家に一つでも残されていないか、調べてみる事になったのだ。

空目は微かに迷惑そうな表情をしたが、強いて反対はしなかった。

だが空目自身は、この家捜しによって何か手掛かりが出て来ると思っている様子は、全く無かった。

『状況が動いていないに等しい』

空目は言っていた。

怪現象の本体がまだ影も形も見えないのだという。唯一の目撃情報が、武巳が飛び降り現場と夢に見た、目隠しをした男の子の霊しか無いのだ。

いま動いても無駄だろう、というのが空目の考えのようだった。

尻尾を摑まなくては追う事もままならない。その尻尾が、まだ空目の前に現れていない。

待つしかないと。だが亜紀にしてみれば、駄目で元々だ。空目の中でだけ了解している事など亜紀には判らない。だから知った事では無い。

確認しなければ気が済まない。

その主張を空目は受け入れた。それで皆の気が済むなら、好きにやらせてみようというのが空目の真意だろうと思う。

それならそれでいいと、亜紀は思っていた。どうせ亜紀も含めて皆には、何もせずに待つ事も、空目のように頭の中だけで全てを進める事も、できはしないのだ。

もし残った写真の一枚でも見付かれば、大躍進だ。

そうすれば怪異の少年が、〝想二〟かどうか、特定できる。


「お邪魔します」


そういう訳で、皆は空目の家へと入っていた。

空目に先導されて、皆は洋館風の廊下を進んだ。スリッパの音を立てて二階に上がり、さらに奥へ。そして奥まった位置にあるドアを開け、蛍光灯を点ける。

その部屋にはベッドが二つ並んで置かれていて、見るからに夫婦の寝室に見えた。

亜紀は呟く。

「ここは……？」

「空目の親御さんの寝室だ」

俊也が答える。

「そうじゃなくてさ……」

そんな事は見れば判る。

だが、その部屋の空気が、完全に籠っていたのだ。

冷たい埃《ほこり》の匂いが、部屋の空気には満ち満ちていた。その部屋が長く使われていないだろう事が、容易に想像できた。

訝《いぶか》しげな亜紀に構わず、空目は部屋に入る。

部屋に入ると、そのさらに奥にあるドアを開けて、皆に示した。

空目は言った。

「もし想二に関する物が残っているなら、ここだろう」

そこはウォークイン・クローゼットになっていた。しかし中に仕舞われているのは申し訳ばかりの服と、それに数倍する大量の不要物だった。

ウォークインとしての機能は全く失われ、完璧にそこはただの倉庫と化していた。

床や物の上には、白く埃が積もっていた。

明らかに寝室以上に、長い間使われていない。

ドアから中を覗き込み、亜紀は踏み込むに踏み込めない。

「……使ってないの？」

「最低でも親が離婚してから、全く手を付けていない筈だ」

亜紀の問いに、空目が説明した。

「少なくとも十年は放置されている」

慣用句としては聞くが、実物にはあまりお目にかかれない〝十年分の埃〟に、さすがの亜紀も少したじろいだ。

「…………まずは掃除機かね」

亜紀はとりあえず振り返って、そう言った。

「おう」

勝手知ったる家らしく、それには俊也が応えて、掃除機を取りに部屋を出て行った。

＊

ひと通り掃除機をかけて、ようやく寝室で作業が可能になった。

亜紀達は早速、ウォークインに詰め込まれた物の、検分に取りかかった。

俊也が一人で中に入り、物を運び出す。それを運び出す端から、亜紀と武巳が床に広げて、検めて行く。

空目はこの部屋には居ない。

別の部屋の棚など、もっと小規模な心当たりを調べて貰っている。

寝室は既にベッド二つが収まっており、それほど広くは無かった。調べる人間が多くても邪魔になるし、ウォークインには力自慢の俊也を一人入れるので、限界だった。

それに家主が傍に居るのでは、思い切った捜索もし辛い。

そういう訳で、寝室では三人が、黙々と検分を行っている。

ウォークインからは俊也の手で、段ボール箱だの、油絵の入った小さな額縁だのが、次々と運び出されて来る。それを開けて中身を調べるのだが、なるほど空目が言うだけあって、明らかに古い物品ばかりが仕舞い込まれていた。亜紀も実家に戻れば、この種の物はいくらでも出て来る。小学校の絵の具セットや、習字道具の入った箱型の鞄。関係ない物の中に、そんな類の物がたくさん混じっている。

どれも表面に埃が張り付き、拭ったくらいでは綺麗にならなかった。

分かっていた事だが、改めてこれらが長い間放置されていた事を、亜紀は実感した。

それらを黙々と調べる、亜紀と武巳。とは言え何か面白い物が出て来る訳でも無く、そう楽しい作業でも無い。

一度は、

「アルバムの箱があった」

と言って俊也が数個のケースを持ち出して来て、色めき立ったが、それらのアルバムは全て未使用のものだった。以来、写真に関するものは、一つも出て来ていない。

そのうちに、段ボール箱の中からクレヨンの箱が見付かる。

開けてみると様々な色で汚れた古いクレヨンが、様々な減り方で無造作に並んでいる。

その中から赤いクレヨンを探したが、見当たらなかった。『あか』『しゅいろ』など、鮮やかな赤系統の色は、そっくり箱の中には欠けていた。

それきり、特に何も見付からない。

続く単調な作業の中、ふと武巳が、口を開いた。

「……ところでさ」

「ん？」

顔を向けもせずに、亜紀は返事をした。

「あの目隠しの子供って、本当に陛下の弟だと思うか？」

武巳はそう言って訊ねた。どういうつもりで武巳がそんな事を訊くのか、亜紀には判断が付かなかった。

亜紀は素っ気無く、武巳に答える。

「さあね」

「だよな……」

武巳は言った。亜紀の答えに、別に失望した風でも無かった。特にはっきりした答えを期待していた訳では無い様子だ。単に間が持たず、思った事を口に出しているだけのようだ。

多少鬱陶しく思ったが、武巳も門限無視でここにいるので、無下にもできない。

「恭の字にしか判断できないよ、そういう事はさ」

亜紀は適当な事を言いながら、適当な相槌《あいづち》を打った。

「そうだよなあ」

武巳は気にした風でもなく、それを真に受ける。

「やっぱり陛下は凄いよな。あんなにワケ判んない事件も、全部理詰めで推理しちゃうんだもんなあ……」

言いながら、武巳は溜息を吐いた。聞き流しても構わなかったが、亜紀は相手をする事にした。無理も無いが武巳は根本的なところを勘違いしている。

「近藤」

亜紀は言う。

「ん?」

「あんた、恭の字が本当に全部を理詰めで考えてると思ってんの?」

「……へっ?」

思ってもみない事を言われたらしく、武巳の手が、思わず止まった。

「え、どういう事?」

「恭の字は理論派なんかじゃない、って事」

顔も上げずに言う亜紀の返答に、武巳が戸惑う気配がした。

「……冗談だろ？」

「そう思う？」

「まさか」

「本当だよ。恭の字は理論より直感が先行してるタイプだよ」

それは亜紀も、最初は気付かなかった事実だった。

「恭の字はね、将棋みたいに一から詰めていくタイプの思考はしてない。まず〝直感〟が働くの。その時点で、もう答えは九割方出てるわけ。感覚型なんだよ」

「ええ……!?」

「その〝勘〟は驚くくらい正確なんだけど、当の恭の字は、理詰めでしかものを判断しないでしょ？　嘘でもいいから根拠が無いと、恭の字は納得しない。だから最初の〝勘〟に沿った形で、理論を作って知識を当て嵌める。

後付けの理論だから、たまに突飛だったり破綻してたりする。でも答えは合ってるし知識も豊富だから、理論も合ってる。ちゃんと物を考えてない近藤みたいな人は、それを聞いて、知識と理論から答えを導き出したと勘違いする」

「ええ……」

亜紀の説明に、武巳は首を捻る。

「…………そうなの？」

「やっぱり気付いてなかったか」

亜紀は溜息を吐いた。空目の言う事は立て続けに、しかも正確に織り上げられるので、武巳のように何も考えずに聞いていると鵜呑みにしてしまう。

だが亜紀に言わせれば、あの『異界』とやらが、論理だけで読み解ける訳が無かった。完全に人知を超えている『異常存在』の法則を、人の論理だけで解明できる訳が無い。その一点に関しては、亜紀は自分の考えに自信がある。

あれは人間の論理とは別のものだ。それを解明できるのは、狂人の論理しか無い。そう言う意味では空目は〝狂人〟と言えた。その事に、空目と会ってからしばらくして、亜紀はようやく気付いた。

だからと言って、亜紀の気持ちに変わりがあった訳では無い。

そんな事実は、どうでもいい。

「恭の字はね、最初から理詰めでモノなんか考えてない」

亜紀は言う。

「直感が先行して答えを見つけるタイプだよ。でも恭の字はその直感を支える〝感情〟の部分がスッポリ抜けてるから、それを理論で埋め合わせて足掻《あが》いてるわけ。せっかくの優秀な直感なのに、それを恭の字は信じて無いの。直感を信じるのは、どっちかって言うなら感情的な事だから」

説明する。亜紀自身も、それを確認して行くかのように。

空目の背中を、横顔を、確認するように。その亜紀の言葉に、武巳は少しばかり、呆然としたようだ。

「…………思ってもみなかった、って顔してるね」

作業の手を止めて、亜紀は武巳を見た。

武巳は目を丸くして、黙って頷いた。

「……本当なのか？」

「少なくとも私はそう見てる」

「じゃあさ……」

「ん？」

聞く態勢の亜紀に、武巳は言う。

「陛下はこれの答えが、もう判ってるって事？」

武巳は自分の周りに並ぶ不要物の山を、そう言って示して見せた。

確かにその通りなら、これらの作業は残らず無駄な作業という事になるのだ。

「…………………」

しばしの沈黙の中、俊也が別の箱を持ち出してきて、床に置く。

二人の会話を聞いていた筈だが、俊也は何も言わない。

亜紀は、答えた。

「……さあね」

「え？　でも……」

「恭の字が、いつ、どの段階で答えに行き着くかなんて、私ゃ知らないよ。ノーヒントで何もかも判るんなら、そりゃ〝直感〟とかじゃなくて〝超能力〟だよ」

亜紀は言う。

「そっか……」

「そういう事」

武巳は納得したような顔をして頷いたが、すぐに軽く首を傾げた。

「………ところで、おれ達って何の話してたんだっけ？」

「無駄話。さっさと手を動かしな」

不思議そうな武巳に、亜紀はそう言い捨てた。

結局───九時までかかった捜索は、何の成果も上げなかった。

空目の言った通り、写真類は何一つ、この家から見付かる事は無かった。

4

静かな夜だった。

――――こつ、

と小さな音が、武巳の耳に聞こえた。
ここは寮の部屋。
机の椅子に座り、音の方向へと目をやる。
そして、そのカーテンに覆われた、窓を見て。
武巳は――――不思議に思って、首を傾げる。

「…………」

静かな、夜だった。

風の音すら無い、静かな夜だ。

その中で窓が鳴った。音は過剰に響いて、武巳の聴覚に触れた。

武巳は再び、首を傾げる。何が音を鳴らしたのか、全く分からなかったからだ。

ガラスが鳴ったのは、判った。

しかしこんな風の無い夜に、窓を鳴らすような何かが窓に飛んでくる事は、武巳の経験では考えられなかった。

妙に、気になる。

初めは虫が当たったのだろうと思っていたが、それにしてはずいぶん音が重い気がした。

確かに小さな音だったが、虫がぶつかって跳ね返るような、そんな軽い音では無い。もっとガラスに押し付けるような、響かず、止まる、くぐもった音。

じっと、武巳は窓を見る。

カーテンに隠されて見えない窓。今は無音だ。ただ現実感が無いほどの静寂が空気に染み込み、外には静謐《せいひつ》な夜闇が、掬《すく》い取《と》れるほど濃密に満ちているのが、こうしてカーテン越しでも窺える。

その闇の中から、何かが窓を叩いたような。

そんな音。

意識が吸い寄せられるように、気になる。

窓を隠すカーテンを見詰める。ただそれだけが、ひどく気になる。

「…………」


部屋を見回すと、部屋の景色が、妙に白々しかった。

電灯の人工的な光が部屋を照らし、ぼやけた陰影が、部屋中から現実感を奪っていた。

ただ注視している窓だけが、異常なほどくっきりと存在している。染み出すように存在感が浸透してきて、気配がカーテン越しに伝わって来る。

ただ、感じていた。

ガラス一つ向こうの闇に、確かに存在感を感じていた。

カーテンに遮られた視界の向こうで、何かが笑っている気がした。

窓から誰かの顔が覗いて、笑っているような、そんな予感めいた気配がしていた。


カーテンの向こう。

カーテンの向こうの、ガラスの向こうに——————子供の、白い顔。

嫌な想像。振り払おうとしたが、それは脳にこびり付いて離れなかった。粘性をもってそのイメージは頭蓋の裏側にへばり付き、武巳の脳裏で、笑った。
気のせいか、冷気が肌から染み込んで来る。
厭《いや》なイメージが、脳裏で、より強くなって行く。

「……」

カーテンから視線を感じた。
隣にあるカーテンの、その向こうの窓から、誰かが覗いている。
窓の向こうに、顔がある。
その予感は、おぞましい確信に侵されて、意識の全てを侵蝕《しんしょく》する。
自分の呼吸が、心音が、響く。
緊張が、体毛を逆立てる。
窓からの視線が、じわりと首筋を撫でていた。自分を、横顔を、じいっ、と見ていた。

「…………」

もう、窓の方を見れない。

机に目を落とし、意識して窓を見ないようにする。

しかし意識は、よりはっきりと窓を向き、その気配と息遣いを伝えてきた。視界の端のカーテンは、くっきりと存在感を主張し、頭の中は窓で一杯になった。

ガラス越しに、息づく闇。

そして窓には、子供の顔。

居る。

間違いなく、居る。

顎の付根が緊張で硬直し、下顎が固まった。体中の皮膚を視線と怖気《おぞけ》が撫《な》で回《まわ》し、徐々に歯の根が合わなくなり始めた。

やがて――――

こつっ、

窓が、鳴った。

「！」

その音が聞こえた瞬間、息が止まるくらい、心臓が跳ね上がった。

気のせいでは無い。ゆっくりと、窓の方に目を向ける。窓はカーテンに覆われているが、静かにその向こうで、確かに、確かに、息づいている。

「…………………」

静寂。

そして、

こつっ、

また、窓が鳴った。

しばらく無言で見詰めた後、ぎこちない動きで、椅子から立ち上がった。

窓の外からの音は、その向こうに居る存在を、確かに主張し、伝えていた。

こつ……こつっ……

ガラスを叩く小さな音。窓の外に何かが居て、窓を、小さく叩いている。何か柔らかい物をぶつけている、そんな音にも聞こえる。それも小さな、小さな物だ。

こつっ……こつっ、こつっ、こつっ、

音は、頻度を増す。

外に何かが居るのは、もはや確実になっていた。

執拗《しつよう》に鳴り始めた窓に、ゆっくりと歩いて、近寄る。足が意志に逆らって、なかなか前へと進まない。

手が、足が、身体が、震えている。

たった数歩の距離を進むために、尋常ではない気力と体力が要った。

緊張で、呼吸が荒い。心臓の辺りが締め付けられ、窒息しそうなほど呼吸が荒い。

「…………」

ようやく、窓の前に立つ。

音は、ぴたりと黙って、止《や》んだ。

「……………………………………」

静寂。

カーテンは元のように、単なる物体として、ぶら下がっていた。

先程の異様な存在感は、消えていた。ただ抜けるような静寂が、部屋を、建物を、世界を、しんと静かに覆っていた。

静寂。

その中で、ゆっくりとカーテンに手をかける。

粗い手触りのカーテンを、摑む。

引き開けようとして、躊躇った。


「……」


静寂。

心臓の音が、体内に響く。

荒い呼吸を静めようとしたが、できなかった。

激しい緊張の中で、再び腕に力を込める。

音を立てて、カーテンを引き開けた。


「――――――――――――――――――!!」

口から、悲鳴が迸《ほとばし》った。

細く小さな白い手が、暗闇の中に浮かび上がっていた。

窓の外、その下から、手はぬるりと突き出していた。死人の色をした、その子供の手は、目を焼くように鮮やかな、赤いクレヨンを握っていた。

手は、動いた。

こつん、と窓ガラスにクレヨンを当て、真っ赤な線を一本引いた。

音の正体だった。見れば窓ガラスのあちこちに、赤い落書きがされていた。それは奇怪で無邪気で、真っ赤な血の色をしていた。それは人であり、あるいは動物であり、怪物であり、図形だった。意味を為《な》さない落書きの群れは、しかし壁画か象形文字のように、理解を超えた何かの意志を感じさせた。それらは宗教的であり、魔術的でもあり、神聖であり、そして邪悪だった。意志はその上から模様によって塗り潰され、幾何学的な狂気と無邪気さに、多重に塗り込められた。

白い手は、執拗に蠢いた。

こつっ、とまたクレヨンを当て、ガラスに赤い線を引いた。

線は下から上へ、長く伸びた。それは窓の下端から、徐々に中央まで上がり、ゆっくり子供の背丈を越え、遙か窓の上まで達した。

そして————それを描いた手は、伸びていいた。

窓の下から、上まで、生白い肉の粘土のように、それは〝にゅう〟と伸び上がっていた。

奇怪な手が、クレヨンで幾何学模様を結ぶ。

その異常さに、絶叫する。

その瞬間だった。


————世界に、気配が満ちた。


その瞬間を境に、世界は別のものに変質していた。

窓の向こうから、背後のドアから、ベッドの下から、クローゼットの隙間から、それらの気配はひしひしと涌き出して、這いずりながら現れた。

それらは蠢き、歪み、広がり、縮み、溶け、変形し、再び形を取りながら、ずるずる、ずるずる這いずって、足元へと集まって来た。それらの異形は蠢く膿《うみ》のように、暗がりから涌き出した。床を這いずり、溶け崩れながら、次々、次々と涌き出した。あまりのおぞましさに身が竦んだ。気が付けば、身体が動かなかった。

全体が硬直し、震えが止まらなかった。振り向く事も、叫ぶ事もできなかった。魂を、肉体を、恐怖に捕らわれ、拘束されていた。全身の産毛《うぶげ》が逆立ち、皮膚の全てが空気の動きを過敏に伝え、目の前の白い手を見据えて身動きもできないまま、皮膚が周囲の気配の全てを、ざわざわと知覚していた。

周囲の全てが、伝わって来た。

ひしひしと背後から、無数の異形の気配が這《は》い寄《よ》って来た。

白い手は、ひたすらに血の色の線を引いている。意味を為さない図形を、線を、のたうつようにガラスの表面に塗り付けて行く。

やがて、異様な匂いが漂う。

その匂いは、どこからか染み出すようにして、空気に混じり始めた。

それはこの世界には、存在しない匂いだった。

例えるなら、それは枯草に微かな鉄錆を含ませたような――――

……………

……………………

＊

…………

薄明かりの中、武巳は目を覚ました。

ベッドの中から部屋を見上げた武巳は、最初、自分がどうなっているのか判らなかった。混乱していた。

何が起こったのか判らなかった。

覚醒直後の感覚の混乱で、夢と現実の記憶が交じり合う。だが、武巳は徐々に現実感を取り戻し、しばらくしてようやく、自分は夢を見ていたのだと思い至った。

布団の中で、しばし。

心臓は激しく脈打ち、体中が汗で濡れていた。

夢だった事を確信したと同時に、緊張していた身体が一気に弛緩《しかん》した。武巳は大きく肺から息を吐き出し、まだ微かに震える手で、汗でぐっしょりと湿った髪をかき上げた。

悪夢、なのだろう。

あまりにもリアルな夢だった。

今でも皮膚に感じた気配の動きを、生々しく思い出す事ができた。だがリアルなのは感覚ばかりで、細部の記憶はみるみる曖昧になって行った。

多分このまま起き上がれば、殆ど忘れてしまうに違い無い。

寝返りを打って、時計を探した。

枕元の時計を掴んで、文字盤を覗き込む。

――――四時五十八分。

武巳は溜息を吐く。こんなに早く起きたのは、久し振りだった。

「………………」

もう、夜は明けているらしかった。

ベッドの中から見上げる景色は、カーテンと同じ色の淡い陰影に染まっていた。

じっと呼吸を落ち着けていると、同室の沖本の軽い鼾《いびき》が聞こえた。起床は六時だが、もう今からは眠れそうにない。

「う……」

武巳は軽く呻《うめ》いて、布団の中で伸びをした。

体のあちこちが、緊張のせいで固まり、澱《よど》んでいた。

もう起きてしまっても、いいかも知れない。武巳は起き上がり、布団から出る。

汗で濡れた体が、外気に触れて涼しかった。そのまま窓を開けようと、カーテンへと歩いて近寄った。

沖本には悪いが、これくらいでは起きないだろう。

武巳はカーテンを引き開けた。

「…………っ!!」


瞬間、息が止まった。

一瞬、窓が血塗《ちまみ》れに見えたのだ。

窓には一面、真っ赤なクレヨンで落書きがされていた。

それは夢の出来事ではなく、現実だったのだ。

白々と明けた朝の光に照らされ、赤い紋様はくっきりと窓に浮かび上がる。

一面に書き殴られた線は、絵であり、模様であり、図形だった。それは時に文字のようにも見え、何語ともつかない異様な言語を、忌まわしい呪文のように綴っていた。稚拙な、しかしそれゆえに純粋な狂気の顕現に、武巳は寒々しい怖気を感じた。


「………………!!」


真っ赤になった窓を前に。

武巳はただ、立ち尽くす。


…………

五章　らくがきいろ

1

この日は、慌しく始まった。

早朝、俊也は五時にもならないうちに、家にかかって来た芳賀からの電話によって叩《たた》き起《お》こされて、〝黒服〟の車の迎えで学校へとやって来ていた。

何でも、緊急の話があるという。黒塗りの車から校門前に降り立つ。すでに空は明るかったが、朝の涼しげな空気が山の中には流れていて、こんな状況でなければ、気分良くトレーニングでもできそうな環境だった。

だが状況はそうでは無い。俊也は不機嫌な顔で、足早に学校に入る。

会議室に集合だと電話で伝えられていた。皆はもう、あそこで待っている筈だった。

俊也の家は、学校がある山とは違う山にある。こういったプロセスで集まると、一番家の遠い俊也は、どうしても時間的に出遅れてしまう。

ドアを開けて会議室に入ると、やはり皆はすでに集まっていた。

部屋に入った俊也を、まずは芳賀の声が出迎えた。

「おはようございます」

「……」

俊也は答えず席に着いたが、芳賀は特に気にした風でも無かった。会議室の中には、すでにどことなく緊張した空気が流れていた。

皆、無言で、話し声一つしない。

空目はいつも通りの無愛想さで腕組みし、あやめがその隣で小動物のように、しきりに皆を見回していた。

亜紀は不機嫌そうに、頬杖《ほおづえ》を突いている。

武巳と稜子は、珍しい事に眠そうな顔一つしていない。むしろ緊張している。その横には久美子が居る。

俊也が久美子と会ったのは、昨日が初めてだ。

その時と比べても、久美子は明らかに顔色が悪かった。

それに昨日は無かった判創膏《ばんそうこう》が、頬に貼り付けられていた。何か怪我でもしたのか。俊也は会議室を見回したが、関係者ではまだ会った事の無い多絵という少女の方は、ここには姿が見えなかった。

皆、多かれ少なかれ、緊張の色が表情に見えた。

もちろん俊也も、例外では無いが。

「あれは、見ましたか？」

芳賀は言う。

俊也は黙って頷いた。

ここに来る途中で〝黒服〟に促され、俊也も車の中からそれを見ていた。それは学校の寮の窓に描かれた、ラクガキの事だった。

――その事件は、この学校の生徒の多数を占める寮生を、朝から大騒ぎに陥れた。

それは言うなれば単なる落書き事件であり、言葉にすれば寮の窓に赤いクレヨンで落書きがされたという、ただそれだけの事だった。

この種の落書きは、若者を集めた環境下では、少なからぬ頻度で起こる。とは言え今回、寮の窓に書かれた落書きは、それ単体を見れば幼稚園児が書いたと言っても通用するくらい、他愛の無いものだった。

クレヨンという道具選択も可愛いものだ。

同様のケースで見られるような、カラースプレーやペンキ、最悪の場合は刃物で傷を付けるといった、悪質な手段から比べるとまだしも救いがあった。

しかしその他愛の無い落書きは、その規模において、あまりにも異常なものだった。

一夜のうちに行われた窓への落書きは、男子寮と女子寮の、全ての窓に及んでいたのだ。

落書きは男子寮七棟、女子寮六棟、三階建てである各寮の窓を最上階まで埋め尽くし、百枚を優に越える数の窓を残らず赤い色へと変えていた。

落書きは全て外側から描かれ、たった一夜のうちに、誰にも見付かる事なく、高ささえ問題にせず行われていた。

いったい誰がどうやって書いたのか、誰もが首を捻った。

この事件は平穏な寮生活に、一時的な興奮と、密やかな影を落とした。

後の話になるが、事件に対する学校の対応は早かった。

学校は即日業者を入れて、窓の清掃を始めたのだ。

『生徒の誰かによる悪質な悪ふざけ』

これが学校側の見解だった。

そして学校の掲示板に、〝悪戯を行った者は名乗り出るように〟と、そんな張り紙がされる事で学校側の対応は終了した。学校としては落書きの手段など問題では無く、また外部から誰かが侵入したという可能性は、到底受け入れられないものだったからだ。落書き程度で管理体制の問題にする気は、学校には更々なかった。


…………………

――そうして、その一日は、ラクガキによって始まった。

会議室に集まった俊也達に、芳賀がこれまでに判っている、落書きの状況を説明した。

芳賀の説明によれば、ここに居ない多絵は、窓の落書きを見て失神したのだという。そういう理由で多絵はここには来ていない。部屋で休ませているのだという。

ともあれ、

「……まあ、人間業ではありませんね」

窓のラクガキについて、芳賀は言った。

「よじ登った跡も吊り下がった跡も、特殊車両を乗り入れた形跡もありません。もちろん大勢の人間が踏み入った跡も、台や梯子《はしご》を立てかけた跡もね。防犯カメラは全て原因不明の機材トラブルで停止していました。一人でやったのなら落書きのギネスブックものですが、当然申請もされてないでしょうね。何にせよ、まともな現象ではありませんよ」

ギネスうんぬんは冗談のつもりなのだろうが、もちろん誰も笑わなかった。芳賀は落書きを実行するに当たっての労力の概算を挙げ、いかにこの悪戯が技術的に困難かを説く。そしてラクガキが異常なものであると、分かりきった結論を言う。

話の内容は落書きの内容に移ったが、これも不明のようだ。

そのほとんどは幼稚な絵で構成されていて、意味不明のものだった。

特徴としては、〝顔〟をモチーフとしたものが比較的多かった。窓の中には、大小の赤い顔ばかりがびっしり書き込まれていた窓も存在したという。

模様の一部には、言語のような規則性が明確に見られるらしい。しかし現行のいかなる文字や言語とも、それは合致しなかった。

「それでも強いて似ているとしたら、候補は二つですね」

芳賀は言って、指を二本立てた。

「一つは本物の子供の落書き。もう一つは――統合失調症の症状の一種、『言語新作《ネオロギスム》』の患者の作品に似ています」

「ネオ……ロギスム？」

武巳の呟きに、ええ、と芳賀が頷いた。

「〝既存の言語には存在しない言葉を次々に作る〟という症状を、稀に統合失調症の患者が見せる事があるんです。そのほとんどは奇声として声に出す程度ですが、さらに稀には文字までも作り出す患者も居ます。さらに極端になると巨大な言語体系を作り出した上、辞書を一冊執筆したという例もありました。まあ……あの落書きのものは、それほど極端なものではありませんがね。

どちらかと言うと子供の落書きの方ですね、あれは。しかし精神が未成熟な段階の人間である幼児は、統合失調症の病態と行動が殆ど変わらないそうですよ。幼児が発する奇声と『言語新作』は、症状だけを見るなら区別できないそうです。それでも患者のメモやスケッチに、確かにあの落書きは似ていますがね」

　芳賀は言う。

　それがどうした、と俊也は腹の中で思った。

　今俊也が知りたいのは、結局何が起こっていて、あの落書きが何を意味しているかという事だ。そして何より重要な事は、どれほどの危険性があるかという事だ。空目にもそういった傾向があるが、俊也は遠回しな話が、どうにも好きになれなかった。

　それが芳賀となると、なおさら気に触る。

　俊也は、芳賀の話が途切れた所で口を挟んだ。

「……で、あんたは何が言いたくて、俺達はどうすりゃいいんだ？」

　その言葉に、芳賀は例の貼り付けた笑みで答えた。

「別に何も。私は君達に一任しましたので、それは君達が決める事ですよ」

「そうかい」

　それなら黙っていればいいのだ。それでも芳賀が話を続けるのは、おそらく俊也達との会話から情報を引き出すためだろう。

　今まで俊也達は、幾度となく芳賀に対して隠し事をし、出し抜いて来たのだ。

　お互いに協力し合っている形だが、間違っても信用し合ってはいない。

それに何より、俊也は芳賀の言った『別に何も』を信じていない。芳賀は今まで、いつでも俊也達に何かの結果を期待し、そちらへと誘導しようとしていた。

今も、芳賀は何らかの意図を持っている筈だった。

少なくとも、俊也はそう思っていた。

「じゃあ、何のために皆を集めた？」

俊也は言う。

「判りませんか？」

「わかんねえよ」

「状況が、詳細は不明ながらも大きく進んだのです。それに関して、君達の意見を聞こうと思いましてね」

平然と、芳賀は答える。いつものやり口だ。胸糞悪《むなくそわる》い。

「……特に空目君、君からね」

芳賀は例の貼り付けた笑みを、空目へと向けた。

それを見た俊也は、自分の中にあった疑惑が、確定したのを感じた。

芳賀は、〝想二〟と〝そうじさま〟の符合に気付いている。そしてそれを事実として想定している。

おそらく、この全てが、〝彼等〟の観察対象なのだろう。

状況が進んで、予想し得ない事態が起こる前に、少しでもデータを収集しようと、この会議は催されたに違い無かった。

それぞれの思惑で皆が見守る中、空目は目を閉じていた。

そしてしばしの後に目を開くと、静かに空目は、口を開いた。


「――――これは〝怪異〟だ」


空目は断定した。

「前言は撤回する。昨日までは気付かなかった妙な〝匂い〟が、今は学校中にうっすらと立ち込めている」

「ほう」

その言葉に、芳賀が小さく感嘆符を発した。

俊也は皆と顔を見合わせた。俊也の鼻が感じる限りでは、今日の学校に特別変わった匂いがするという事は無かった。見たところ皆も同じのようだ。俊也は顔を顰める。という事は、それは『異界』に関わるものだ。

これでもう、逃げ道は無くなったという事だ。

俊也の偏見だろうか、芳賀はどこか楽しげに、空目に問う。

「だとすると……今回の現象は、どう見ます？」

「落書きについては何とも言えんな」

まずそう答えると、空目は一拍置いてから、後に続けた。

「だが――――雪村月子が何故自殺したかについては、大方の想像が付いた」

「!?」

皆、その言葉に驚く。久美子の表情が不安そうなものに変わった。多分その結論は、あの月子の『遺書』がもたらしたものだろうからだ。

昨日、俊也達は月子の『遺書』を見せられ、久美子を説き伏せて、それを預かった。一応は納得させた。だが他人に、しかも大人に開示するのには、抵抗があるのだろう事は理解できた。

「初めに言ったと思うが、俺は最初、この件が〝怪異〟であるかどうかは疑っていた」

空目は構わず続ける。

「その主な理由は、雪村月子の死に異界の〝匂い〟を感じなかった事だった。また、たとえ本物の怪奇現象だったとしても、彼女の死で終わりになったのではないかと思っていた。

これらの怪異は『物語』によって〝感染〟する以上、オリジナルの感染者《キャリア》である彼女の死と同時に失われると考えていた。しかし半信半疑だったが、怪異は始まってしまった。だとすると、考えられる可能性は三つある。

一つは、オリジナルの感染者が雪村月子ではない可能性。

二つめは、そもそも雪村月子は感染者ですらない可能性。

三つめは、すでに〝そうじさま〟に参加した誰か――――あるいは全員に、怪異の〝主体〟が移ってしまっているという可能性。


……この三つの可能性だ。そしてそれぞれの可能性について、大雑把だが、どれがより正しいか検証してみた」

空目は指折りながら、三つの可能性を挙げ、そして解いて行った。

「まずは、最初の一つの可能性、〝別にオリジナルの感染者がいる〟の場合。これは実際のところ検証のしようが無い。雪村月子に〝そうじさま〟の物語を伝えた人間を知ろうにも、彼女が自殺してしまった以上は聞き出す事ができない。

二つめの可能性、〝雪村月子は初めから感染していない〟の場合は、そうなると〝感染〟しているのは他の儀式参加者、近藤、中市、森居のうち――――日下部は症状が出ていないため除外する――――の、いずれかという事になる。また、この場合の問題は、この怪異を誘発している『物語』は〝そうじさま〟では無いという事になる。儀式の出所が〝感染〟対象ではないというのは考え難い。そうなると、これも前提が失われるため、検証が不能になる」

可能性を解くごとに、立てた指を戻す。三本立てられていた指は、残り一本になる。

「となると、残る可能性は三つめ。〝怪異の主体はすでに雪村月子には無い〟はどうか。彼女は〝怪異〟の定めた通りに死んで〝怪異〟はすでに終了した。さもなくば彼女の死によって、主体が〝既に感染済みの誰か〟に移ったか。だがこの場合、雪村月子が自殺した時には、俺は〝匂い〟を感知していない。つまり彼女は怪異に殺されたのでは無く、別の要因で死んだのではないかと考えられる」

言って、三本目の指を折る。

「つまり、俺は現在こう考えている。雪村月子は――――確かに〝怪異〟の〝感染者〟であり、〝感染〟していながら、自らの意志で自殺を選んだ」

指を全て折り曲げた手を下ろし、空目は言った。

「彼女の直接の死因は〝怪異〟ではない。自殺だ」

「……なるほど」

芳賀は眉根を寄せて、その結論に、ひとまず頷いた。

「では君は、あの異常な状況下で行われた雪村さんの投身自殺は、〝怪異〟ではなく偶然だと結論するのですね？」

　空目は首を横に振った。

「そういう訳でも無い」

「と言うと？」

「〝怪異〟に直接殺された訳では無いが、〝怪異〟が自殺の原因だろう」

　空目は言って、ここで月子の『遺書』を鞄から取り出した。久美子の表情が強張った。芳賀は差し出された〝それ〟を一読し、空目へと顔を向けた。

「……これは？」

「遺品から見付かったそうだ」

　空目は答える。

「ふむ。そうですか」

　芳賀はすんなりと信じて、携帯端末で文面を撮影した後、折り畳んで空目へと返した。取り敢えず咎《とが》め立《た》てはされない様子だったので、久美子から安堵の空気が伝わって来る。そうするうちにも空目は、話を先に進めていた。

「これから察するに、彼女は〝そうじさま〟の儀式中に起こった現象を目の当たりにして、危機を感じたのだろう」

　空目は語る。

「そして当事者である自分が死ねば、全てが終わると思い込んだんだ。彼女は聞くところによると自身の『霊感』に相当な自信とプライドを持っていたらしい。だからこそ能力者である自分の責務として、この栄光ある死へと臨んだ」

「ふむ……」

「彼女が〝怪異〟のシステムに気付いていたかは、不明だ。だが本当ならば当事者、すなわち感染者である彼女の死によって、確かに事態は収拾する筈だった。しかし残念ながら、すでに怪異の〝感染〟は行われた後だった。彼女は死と同時に、ただ〝怪異〟の主役の座を失い、関係なしに〝怪異〟は発現してしまった」

空目の説明は淡々と、しかし辛辣に響いた。

「彼女は遅過ぎた。さもなくば、見当外れだった」

空目は言い切る。

その月子に対する断定に、俊也は柄にも無く、話を聞いている久美子がどう思っているのか気になった。久美子を見ると、その表情は意外にも冷静だった。まるで空目の言う月子の評価を、とうの昔に予期していたかのようだ。

そして俊也が気にしたくらいだ。

皆が同じ事を思ったようで、それぞれ久美子の顔を窺っていた。しかし思ったよりも平静な久美子を見て、皆、どことなく複雑な顔をしていた。久美子が一体何を思っているのか、誰も理解できなかった。

「〝怪異〟はまだ始まっていない。始まりは、ここからだ」

その間にも、空目はそう結論する。

「……なるほど。つまり要点だけ纏めますと、現在の〝感染者〟は近藤君と中市さん、そして森居さんのうちの誰かか、全員という事ですね？」

芳賀が、その結論を引き取った、
口の端を歪める。その裏にある思惑は、俊也にも簡単に想像できた。〝処理〟するターゲットが三人に絞られたと、そんなところだろう。

「……」

俊也は鋭く、芳賀に視線を向けた。

芳賀は気付かない振りをして、それを受け流した。

「いずれにせよ、気を付けるべきはここからだ」

そういった思惑には興味が無さそうに、空目は言う。

「これから〝感染〟した者には、何かがある。だが何が起こるかは、今は判らない」

「…………」

それで、ここで話すべき事は無くなった。嫌な沈黙が部屋に降りた。

芳賀が立ち去るまで、もはや誰も何かを言う事は無かった。今回の話し合いは、こうして終わった。

沈黙は続いた。

皆がこの先の事を考え、暗い沈黙に沈んでいた。

＊

芳賀が立ち去った会議室では、その後もしばらくの間、沈黙が続いていた。

朝早かった時間は時が経ち、部屋を照らしていた電灯の明かりは、いつの間にか朝の光に取って代わられていた。

光が徐々に、部屋の色を塗り替えて行く。

窓からの光が蛍光灯の光を呑《の》み込み、交じり合いながら室内を照らす。

まだ、生徒が登校して来る時間では無い。

そんな部屋で、皆は沈黙していた。

それぞれが、それぞれの事を考えていた。

部屋の空気が暗く、重苦しいものを含んでいる。

まるでそれぞれの思考が、空気へと染み出しているかのようだった。あるいは何も考えてはいないのかも知れないが、その重い雰囲気は共通していた。

「……」

俊也は、テーブルに頬杖を突き、皆を眺めている。

いくら考えても、今何をすればいいのか、考え付かない。

「ねえ……」

長い沈黙の後、久美子が口を開いた。

「……さっき言ってた事って、本当なの？」

その言葉は、空目へと向けられていた。おそらく久美子は〝異存在〟だの〝感染〟だの、そんな種類の話を聞くのは初めてだろう。そう聞きたくなるのも無理はあるまいと、俊也は思いつつ眺める。

「どの話だ？」

空目は問い返す。

久美子は答える。だが俊也の予想とは違い、久美子が聞いたのは、別の事だった。

「月子さんの事」

問いは、それだった。

「さっき言ってた。月子さんは〝そうじさま〟に殺された訳じゃない、って、それって、間違いないの？」

「……」

空目は目を細める。そして皆が注目する中、腕組みして答えた。

「嘘だ」

「…………えっ？」

「あれは嘘だ。昨日までなら俺も『間違いない』と答えただろう。だが、今となっては無関係とは言えなくなってしまった。断言はできないが、雪村月子が〝そうじさま〟に直接的に殺された確率は、それなりに高い」

「⁉」

平然と、空目はそんな事を言い出した。

皆は驚く。絶句の中、亜紀が問いかけた。

「……どういう事？」

「俺はあの事件の時、確かに『異界』の匂いは感じなかった。だから当初は〝怪異〟の介入は無かっただろうと予想したんだ」

空目は答えた。

「だが今日になってここに来て、別の可能性に思い至った。匂いを〝感じなかった〟のでは無く、〝気付かなかった〟という可能性にだ」

「……は？」

「何故かと言うと、今、この学校から、寮から、敷地《しきち》内の隅々まで、もちろん此処《ここ》にも、至る所に〝ある匂い〟が漂っている。これは──────」

訳が判らない顔の皆に、空目は腕を広げて見せた。

「これは、あやめが纏う匂いだ。神隠しの〝匂い〟が、今この学校を覆っている」

その空目の言葉に、事情を知る全員が、言葉を失った。

「な……!?」

「今日ここに来てみたら、全域にこの〝匂い〟がうっすらと広がっていた。最初は微妙すぎて気が付かなかった。あまりにも俺にとっては近しい〝匂い〟だったために、変化に気が付かなかったんだ。迂闊《うかつ》だった」

そう言う空目の無表情の端には、普段はあまり見られない不機嫌がよぎる。

「俺と、そして想二が連れて行かれた〝神隠し〟の世界の匂いだ。あやめの服や髪には、あの世界の〝匂い〟が染み付いている。ここに居るあいだ、常に俺の嗅覚に触れていると言っていい〝匂い〟だ。だから近すぎて気付かなかった。もっと常日頃から変化を注視しておくべきだったんだ」

他人の失態には眉ひとつ動かさない空目が見せる静かな怒り。空目が感じる数少ない負の感情。自分の失態への自己嫌悪だ。

「今、それが少し強くなっている。それでやっと気付いた。いつからか判らないが、今この学校は〝神隠し〟の影響を受けている。もしあの事件の時から〝匂い〟があって、俺がそれに気付いていなかったとすれば、彼女は〝そうじさま〟によって殺された可能性がある。そしてもしその仮定が正しかったなら――――この事件は〝神隠し〟絡みだ。違ったとしても、この学校にはいま〝神隠し〟が関係する〝何か〟が起こっている」

皆は異様な緊張をもって、空目の話を聞いている。自然と、全員の視線があやめに集まっている。あやめは皆の詰問するような視線を受けて、「判らない」という風に、沈鬱な表情で静かに首を横に振る。

「そして、だ」

空目はその上で、言った。

「いま言った過程が全て正しいなら――――〝そうじさま〟は、やはり俺の弟が関係する可能性が極めて高い」

「!!」

衝撃が走る。

俊也は最初からそれを疑っていたが、それでも空目の口からはっきりと聞かされると、その衝撃は大きい。皆もそれぞれ動揺や驚愕《きょうがく》の表情で、空目を見ている。

唯一この場で理解していないのは、久美子だけだった。

だが、その久美子も場の雰囲気に呑まれ、口を挟む事もしなかった。

そんな中で、ようやく亜紀は言う。

「……それで、芳賀には嘘を？」

探られないために。身を守るために。奴らの手出しを躱《かわ》すために。

当然の備えだと俊也は思った。だが空目は、首を横に振った。

「確かに余計な事を嗅ぎ回られたく無いのはある。だが奴らもそれを前提にする程度の想定はしているだろう。焼け石に水だ」

「じゃあ、何のために？」

「これのためだ。返すぞ」

そう言って空目は、あの『遺書』を久美子に差し出した。

「あ……」

久美子は呆然と、それを受け取った。確かに最初から〝感染者〟が書いたと確定している文書だとなれば、芳賀がこれを返してきた可能性は低くなっただろう。雪村月子の『遺書』の重要度を下げて回収されてしまうのを防ぐための、嘘。

「……いいの？」

「俺は最初から借り物のつもりだったが？」

久美子は『遺書』の封筒を見詰めた。会話が途切れた。落ちる沈黙。

だがやがて空目が、しばらくの沈黙の後、おもむろに口を開いた。そして口にしたのは、とある一つの提案だった。

「ところで相談がある。週末あたりに、〝そうじさま〟に参加した者は全員、俺の家に泊まりに来てくれないか」

「へ？」

その急な提案に、武巳が頓狂な声を出した。

俊也も真意を測りかねた。だが空目は、そのまま次に理由も口にした。

「この異常が学校に付属しているものなのか、それとも近藤達に付属しているものなのか、確証を得たい」

「……なるほど」

理解する俊也。

「学校から引き離した所まで〝匂い〟や〝異常〟が付いて来るか、か？」

「そんな所だ」

「……」

久美子は戸惑った顔をする。

さすがに今すぐは、決められないだろう。

「返事は後日でいい」

空目は言った。

そして、この言葉を締めとして、この話し合いの場は解散になった。

窓の外は、完全に明るくなっていた。

2

授業が始まるまで、まだいくらかの時間があった。

そろそろ登校ラッシュも近い時間。その時、石畳の敷かれた歩道を結構な数の生徒が学校に向かっている中、久美子と稜子、そして亜紀は、そんな生徒達とは反対に寮へと向けて、林に挟まれた道を歩いていた。

「……一回帰る」

言い出したのは久美子だ。朝食も摂《と》らず、服や髪など身だしなみも適当、さらに多絵も部屋に置いたままとなれば、一旦寮に戻りたいと主張した。道理。そう言えばいかにも、冷静か、あるいは友達思いに聞こえるかも知れないが、実際には久美子の内心にあったのは、そういったものとは全く別の思惑だった。

「…………」

何となく――学校の居心地が悪かったのだ。

あの会議が終わってから気が付いた。黙っていると、どこからか視線を感じるのだ。

窓や、廊下の向こう、あるいはドアや棚の隙間から、気が付くと、じーっ、と見られている気がする。

あんな話の後だった事もあって、気味が悪かった。まだ朝早く、学校に人が居ないせいかも知れない。だが何かしらの理由を付けて、一度学校から離れたいと思った。だが一人で戻るのも、やはり嫌だった。

だから稜子を誘った。稜子はあっさりと同意してくれた。

ついでに亜紀も身繕いに少し不満があったらしく、一緒に寮まで行く事になった。

そんな訳で三人は寮へと戻っている。久美子としては願ったり叶ったりの結果だ。

三人は、歩道を歩いている。車道を挟んだ石畳の道に、朝の光が差し込んでいる。

登校する、大勢の足音と話し声が響く中。

「……朝の帰り道って、あんまり見ない視点だよねえ」

久美子は後に続く二人に、世間話を振った。通学路に出ると、感じていた視線も不気味さも無くなったので、久美子は安堵し、気分を取り戻していた。そして皆が登校する中を帰った事は一度も無かったので、いつも見慣れた通学路が、妙に新鮮に見えていた。

気の抜けた声で、稜子が答えた。

「そうだねえ……」

見ると、稜子は早くも眠たげな目をしていた。

「ほら、しっかり」

久美子はそれを見て、いつも多絵にするように、ぱしん、と稜子の頭をはたいた。多絵も低血圧とやらで、朝はいつもこんな感じだ。ついつい同じ反応をしてしまった。

「…………痛い」

「もお、まだ一日が始まってもないよ」

ぼやく稜子に、久美子は笑った。

「久美ちゃんは朝から元気だねえ…………」

「当たり前じゃない。大体あんな事があって、眠気なんか飛んじゃったってば」

言いながら、久美子は前を指差した。そこには木々の隙間から男子寮が見え始めていた。普通の様子では無い。その窓は全て——赤い色の落書きで汚し尽くされている。

改めて見ると、凄い光景だ。

二度とこんな光景は見られないに違い無い。

亜紀が呟く。

「こうして見ると、とんでもないね……」

「ねー」

久美子も同意して、それを眺めやる。最初に久美子達が窓を見た時は、まだ日が昇り切っていなかった。それをこうして陽光の下で見ると、寮の見た目は認識していた以上に、壮絶なものだった。

朝日に照らされた窓は、それこそ惨劇でもあったかのようだ。

遠目に見ると、窓に血が飛び散っているように見えなくも無い。

ここからはまだ見えないが、女子寮も同じ事になっているのだろう。久美子は部屋の中から見た、自分の部屋の窓の様子を、思い出していた。

「…………」

そして同時に、窓を見た時の多絵もだ。

久美子は今朝、多絵の悲鳴で目を覚ましたのだ。

驚いて飛び起きた久美子の目に映ったのは、立ったまま金切り声を上げる多絵だった。その視線の先には真っ赤になった窓。それは赤いクレヨンでびっしりと、無数の稚拙な人の顔のようなものが描き殴られた、窓ガラスの姿だった。

そして、目を見開いてそれらと目を合わせたまま、人の声とは思えないほどの異常な悲鳴を上げる多絵。

本物の金切り声というものを、多分、このとき久美子は初めて聞いた。

ひきつけを起こしそうな異常な様子に、久美子は慌てて多絵の肩を摑んだ。その途端、一瞬にして恐慌状態に陥った多絵は、まるで怪物に肩を捕まれたかのように驚き、絶叫して激しく暴れ出した。悲鳴を上げて手足を振り回す多絵に、何回か叩かれながらも、それでも無理矢理に押さえ付けると、多絵はそのまま意識を失い、糸が切れたように失神した。

その時に、頬を引っかかれた。

久美子は頬の判創膏を、指でなぞった。

あんな多絵を、久美子は初めて見た。いつもは大声すら、出した事が無いのだ。

「…………」

こうして落ち着いて見ると、この数日は、何もかも驚く事ばかりだった。

事件も、多絵の事もそうだが、他にも驚いたのは稜子の事もだった。

初めて空目達と引き合わされた時は、何事かと思った。月子が自殺して、警察に事情聴取をされた久美子が何と説明していいか苦慮していた時、警察の人が突然『怪奇現象』の実在について語り出し、その専門家の一人として稜子を紹介して来たのだ。

自慢では無いが、今まで久美子は、自分は普通の高校生では無いと思っていた。

月子と共にオカルトを実行する自分は、異常な世界の住人だと。周りとは違うと。普通や常識に縛られている周囲の人間とは違い、本物の精神世界を覗いているアウトサイダーだと。こう言っては何だが稜子などは、悪い人間では無いが、何も知らない一般人代表だとさえ思っていた。

ところがその専門家として稜子の名が挙がり、更にはその稜子を一員とした同じ学校の同級生グループが、対策チームとして送り込まれて来た。まるで漫画だ。そしてその代表者と言える空目と会った時、久美子は自分とは格の違う相手だと実感させられる事になった。

自分は異常な人間では無かった。久美子はそのとき悟った。

ショックだった。だが同時に、その事に、妙に安堵した。

久美子は別にオカルトが心底好きだった訳では無い。

ただ周りと同じ自分では嫌だという自意識を持っていた何の才能も無い少女だ。そして、月子の友達だった。

周囲とは明らかに違う月子の事は好きで、尊敬していて、憧れていた。久美子は、月子のような存在になりたかったし、その月子の方は、たぶん久美子達と一緒に〝異常〟な存在になりたいと、そんな風に思っていたのだと思う。

だが結局、そんなのは、自分達には無理だったのだ。

そう思っていた。

自分達はただの一般人だったと。

思っていた。つい、数時間前までは。

「――――良かった。月子さんは、ちゃんと本当の怪奇現象で死んだんだ」

久美子は、一夜にして異常な状態になった寮の、その尋常では無い光景を眺めて、少しだけ微笑んで、そう呟いた。

「は？」

「えっ？」

亜紀と稜子が、それぞれ不審な表情で久美子を見た。おかしな言い方だと判っていた。だが折角の機会なので、月子について二人に話しておこうと思った。

久美子は、二人の視線の、正面に立つ。きっと皆は、このままでは月子という少女の、等身大の姿を知らずに終わるだろう。それはお互いにとって悲しい事だと思ったのだ。困惑した顔の稜子が、おずおずと訊ねて来た。

「久美ちゃん……それ、どういう意味？」

「うん。前にも言ったけど、月子さんって自分の『霊感』に凄いプライド持ってたのね」

稜子の疑問に、久美子は頷き、道を振り返って、再び歩き出しながら答えた。

「でもね、月子さん、実は『霊感』しか人に誇れるものが無かったのよ」

「え、そんな……」

慌てて後に付いて歩き出した稜子だったが、そんな久美子の言葉を聞くと、信じられないと言った風に、口元に手を当てた。

「ね、おかしいと思うでしょ」

気持ちは良く解る。自分も稜子の立場なら、同じ事を言うだろう。

「でも本当なの。少なくとも月子さんは自分には『霊感』しか無い、って思い込んでた。勉強もできたし、運動神経も良かった。何でもできたのに、どれも一番じゃなかったから……月子さんはどれにも価値が無いと思ってた。月子さんは『一番の抜きん出た才能』だけが、才能だと思ってたのよ」

「ええ……」

「うん、確かにどれも一番では無かったよ。でもどうして、それが『自分は何もできない』になっちゃうのか、不思議だったなあ……」

この辺りの感覚は、完全に久美子には理解できない世界だった。

稜子も聞いていてショックな様子だった。

「でも月子ちゃん、あんなに綺麗なのに……」

そう、稜子が呟く。

「そうだよね、そう思うよね」

久美子も頷く。

「私もそう思う。ところが事実は全く逆で、それどころか自分の容姿にコンプレックス持ってたのよ。月子さんは。何があったか知らないけどさあ」

そう言って、久美子は大袈裟に天を仰いだ。

「うそ……」

「ほんと。何か私じゃ理解できない変なコンプレックス持ってて、あんまり自分の容姿が好きじゃ無かったみたい。

才能についての考え方も、容姿の事も、どうも家に原因があるっぽいんだけど、詳しくは分かんない。まあでも、そんな訳で自分の容姿は嫌い、飛びぬけた才能も本人的には無い、って感じで……最初に会った時は『何だこいつ』って思うくらい低姿勢な子だったんだよね。そんで、結局月子さんが一番になれるものは現実の世界には何も残って無くて、最後に縋《すが》った可能性が『霊感』だったって訳なのよ。だから会った時にはもうオカルトちゃんだった。それでもルームメイトだし、私も他人とは違う事がしてみたかったから付き合ってたんだけど、ある日〝目覚め〟ちゃってね。そこからは別人みたいに自信が付いた。今から考えると、あんまりいい方向じゃ無かったけど」

久美子は溜息を吐く。

「でもあの時は、本気で凄いって思ったし、良かったねって思ったし、凄く興奮したんだよなあ……」

一年ちょっと付き合ったが、結局、何が月子をああしたのかは判らなかった。

どこかで踏み止まれたのだろうか？　こうなると残念としか言い様が無かった。悲しみを通り越して、溜息しか出なかった。

「ま……そんな訳でね、ちょっとだけ『良かった』って思ったのよ。月子さん、自分の最後の砦《とりで》で死んだんだから」

しんみりと、久美子は言った。

「そりゃ悲しいし納得いかないけどさ、これが本当に『霊感』と関係なかったら、完全に無駄死にで、それこそ本当に月子さんには何も残らないような気がしたのよ。せめてもの救いってやつかな。知らないけどさ」

「そうなのかな……」

納得いかない、しかし否定もできない様子の稜子。

まあ完全に解って貰えるとは、久美子も思っていない。だが月子は死んだのだ。そこはもう諦めるしか無い。どうしようも無い。だったらその中で少しでも慰めを見付けるのは、月子の魂にも必要な事なんじゃないだろうか？

だが――――自分はそれでいい。しかしそうなると、多絵が心配だった。

月子と多絵は、表面的には全く違っていたが、しかし根っこにコンプレックスを持つ者同士で、随分と寄りかかり合っていた気がするからだ。

表面的には、多絵が一方的に月子へ寄りかかっていたように見えるだろう。だが実際にはそういう魂の繋がりのような、互いへの依存があったように思う。

多絵はこの生き辛い現実から連れ出してくれるカリスマを必要としていたし、月子は自分の霊感を受け入れて喝采してくれる人間が必要だった。カリスマと霊感ごっこをする事で、二人は安定していた。

多絵には立ち直って欲しいと思う。

だが、今のところ、どうすればいいか判らない。

実のところ、稜子達にはその辺りの解決も期待していた。だからこそ月子の事を話す気にもなったのだ。

「……ねえ、ところでさあ」

久美子は、稜子と亜紀に向かって言った。

「あなた達って、何者なの？」

「え？」

「はあ？」

そんな不意の久美子の問いに、稜子も亜紀も、訝しげな反応をした。

「何って……」

「普通の人達じゃないよね、絶対」

久美子は振り返る。立ち止まって二人を見る。二人は足を止め、顔を見合わせる。どちらも不可解そうな表情をしている。

霊感サークルの一員だった久美子も人の事は言えないが、稜子達はそれに輪をかけて奇妙な一団だった。超常現象の解決に、警察から紹介されるような存在。少なくとも、額面通りに文芸部の仲間と言うには怪しすぎる。

周囲から怪しまれながら霊感サークルをやっていた久美子達とは違い、大人の公的な組織から認められている集団。久美子が、そして月子と多絵も、そんな存在でありたいと願って止まなかった、漫画のような特別な人間。

だが、

「別に、普通だよね？」

「だと思うけど？」

だが稜子と亜紀は、言う。

「魔王様だよね、普通じゃないのは」

「そだね、私らは別に…………何でも無いよね。説明には困るけどさ」

そう言って、首を傾げる。

「ええー……そんなこと言ってさあ……」

久美子は自分の感想を言いかけて――――止めた。

怪奇現象と戦うために学校に在籍してる、秘密組織のエージェントなんでしょ、なんて漫画みたいな事を言ったら、笑われそうだったからだ。

久美子の問いへの、まともな答えは返って来なかった。

結局、それへの答えは無いまま、久美子は女子寮に着いた所で、二人と別れた。

3

稜子と亜紀の二人と別れ、自分の寮へと戻った久美子。

寮は静かだった。すでに登校を始める時間になっている寮の中は、一見して人の数が少なくなっていて、人影はまばらだった。

見える人影の大半も、今まさに寮を出て、学校に向かおうという状況だ。いかに単位制の学校とは言え、一限には必修の授業が集中していて、できれば一限は外して寝ていたいという全生徒の夢は、極めて実現が困難になっている。

「ん……」

そんな、人が殆ど出払った寮に、久美子は戻って来た。

がらん、とした寮内には、喧騒の残滓《ざんし》のような空気が残っている。玄関にはつい今しがたまで大勢の人間がいた雰囲気があり、たくさんの女の子が靴を履き替えて学校へ出て行った気配が、ありありと残っている。そんな玄関で、久美子は逆の経路を辿《たど》り、靴を脱いで、寮に上がり込む。

珍しい状況だ。

そして珍しい感覚。毎日暮らしている寮が、別の家のようだ。

人の居ない寮を、自分の部屋に向かう。

廊下を通り。階段を上がり。そして階段を上がり切った時――――ふと久美子は、後ろを振り返った。


「…………」


何となく下の方から、誰かに見られたような気がしたのだ。

しかし階段から見下ろしても、一階に人の影は見えなかった。久美子は階段を見下ろす。階段と、そこから見える一階の床。しばらく見ていたが、誰も居ないし、誰も来ない。動くモノも、もちろん無い。

自分の立っている二階部分は、空気が冷め切っていた。

沢山の人の気配と体温の残滓が空気に残っていた一階とは違い、二階にはそれらがすっかり冷めた静寂が広がっていた。

一階を見下ろしながら、背中に、肌に、そんな空気を感じている。いや――――それは別におかしな事では無い。ホールや洗面所などの設備がある一階に比べると、生徒の居室が並んでいるだけの二階は、普段から少し冷たい空気だ。

それを、いつもより、はっきりと感じているだけ。

そういう事だ。きっと寮生活ではとても珍しい、周囲に誰も居ない一人きりの状況が、感覚を過敏にしているのだ。

「……」

久美子は気を取り直す。そんな風に思って、階段から視線を外す。

あまり長居していると授業に遅れてしまう。こんな事をしている時間は無いのだ。

早く部屋に戻らないと。振り返り、二階の廊下を歩き出す。人の居ない廊下は、気味が悪いほど音が無い。

久美子が知っている寮では無い。

生活音と、人の気配が消えた寮は、まるで見知らぬ洋館のようだ。

うっすらと、不気味さを感じる。

ただ頭では、それを否定する。

「……」

静寂。

そして朝に明かりが落とされた廊下の、薄暗さ。

寄宿舎じみた建物が、それらの持つ不気味さを、増幅している。

早く用を済まそう。

そう思う。

ぱた、ぱた、ぱた、ぱた、

床を踏む自分の足音だけが、廊下に響く。

その足音は床に、壁に吸い込まれ、重々しく反響し、後ろから付いて来る。

まるで、後ろに誰かが居るような。ふと――――背後から、また視線を感じた。


「…………」


振り返る。

無人の廊下だ。

周囲を思わず見回しながら、久美子はまた少し歩き、自分の部屋の前に立つ。自分の部屋のドアが、まるで見知らぬドアのように、よそよそしく立っている。

ドアの前に立つ自分の後ろに、静寂が、虚《うつ》ろに広がっている。

「…………」

そして、ドア越しにも、静寂を感じた。

ドアの向こうの、自分の部屋の中から。

中の静けさが伝わって来る。だが中には、多絵が居る筈だった。

久美子は軽く拳を握って顔の高さまで持ち上げ、ドアをノックした。木を叩く音が、妙に大きく響いた。

「……多絵？」

呼びかけるが、中から返事は無かった。

人が動く気配すらしなかった。静寂が満ちていた。

居ないのだろうか。洗面所にでも行っているのかも知れない。だが全く無反応な自分の部屋に、不安が募った。いやそれよりも、もし返事もできないような状態になっていたら？　久美子はポケットから鍵を取り出す。そして、鍵穴に差し込んで回す。

「多絵？」

呼びながら、ドアを開けた。

「居ないの？」

覗き込んだ部屋には、誰も居なかった。

カーテンは閉じられ、部屋の中は薄暗かった。多絵が寝ていた筈の、月子のベッドは、布団が平らになっている。

やはり、どこかへ出ているようだ。

最悪の事態では無いようだ。少しだけ安心して、久美子はドアを開け放ち、部屋に入る。様子を見て少し話もしたかったが、居ないなら仕方が無い。今はそれよりも、自分の身支度の方が先だ。今はどちらかと言えば、自分が遅刻しない事の方が重要なのだ。

話は、後からでもできる。

本当は多絵の調子さえ良さそうなら、学校に行くのを勧めるつもりだったくらいだ。

その方がいいと考えていたが、こればかりは強制する訳にもいかないし、固執する必要も無い。また改めて話すなり、考えればいい事だ。

それよりも、久美子は自分の身繕いの道具を探した。

ヘアブラシや洗顔用品。それらを求めて部屋を見回し――――そのとき不意に、それが目に入った。

「?」

赤いもの。

視界の端をかすめた。

思わず目を向けた。月子の机だった。机の上に、何かあった。

「いっ……⁉」


息を呑んだ。

見た瞬間、全身の毛が逆立った。

月子の机に、赤いクレヨンでべったりと落書きがされていた。

赤い文字。何度も何度も重ね書きされ、塗り込まれて、稚拙に歪み、無邪気に狂っている文字。傍にクレヨンが転がっていた。削り取られたように短くなったクレヨンが。破られた包み紙も生々しく、赤く、赤く、残酷に肉体を削り取られた血塗れの死体のように、無造作に投げ捨てられていた。

判別可能な限界まで不気味に歪み尽くしたその文字は、何とか読む事ができた。

――――い　こ　う

たったそれだけの文字が、何重にも塗り込まれて、机いっぱいに大きく書かれていた。

ぐしゃぐしゃと乱雑な線で互いに繋がって、血を擦《なす》り付《つ》けたように執拗に、また無邪気に書き込まれていた。幼い子供がクレヨンでそうするように、強く、赤く、そして赤く、執拗に塗り込められていた。

「…………………っ！」

悲鳴を上げかかって、思わず口を押さえた。

頭から血の気が引き、頭の中が真っ白になった。

何が起こっているのか判らなかった。これが何なのか、どうしてこんなものがここにあるのか、頭が考える事を拒否していた。その見ている前で、つ、とクレヨンが転がった。クレヨンはころころと机の上を転がり、床に落ちて、音を立てた。

赤いクレヨンは、床を転がった。

そして自分の足元まで来て、止まった。

「……………」

静寂が、時を止めた。

少しの音も無い静けさの中、足元のクレヨンを、見つめた。

息をするのも忘れ、ただ魅入られたように、赤いクレヨンを凝視した。冷たい緊張が、今にも切れそうに、そこに張り詰めた。

クレヨンは動かない。

何も起こらない。

思い出したように息を吐いた。

何も無かった事に、安堵した。

瞬間――――突然足首を、誰かに摑まれた。

「ひっ！」

心臓が跳ね上がった。足を見た。青白い小さな手が、後ろから右足を摑んでいた。子供の手だった。その手は、背後にあるベッドの下から、にゅう、と伸びていた。引き伸ばされ、見るからに子供の手の長さでは無い。そして摑んだ部分は靴下越しに、死体の冷たさを肌に、肉に、骨に、ひやりと伝えていた。


「――――――――――――――！」

口から、言葉にならない叫びが迸った。

そのおぞましい感触に、摑まれた場所から全身に寒気が広がった。

振りほどこうと動かした足は、いとも簡単に動いた。しかし子供の手は離れる事なく、動かした分だけ、〝ずるり〟とベッドの下から伸びた。

「――――嫌あっ！」


あまりの不気味さに、悲鳴を上げた。

しかしもう足は竦んで、言う事を聞かなかった。

逃げようとして、足がもつれて転んだ。床に突いた手が、何かぐにゃりと柔らかいものを摑んだ。


「！」


手が真っ赤になっていた。

摑んだものは、クレヨンだった。

それは生肉を摑んだような感触で、容易《たやす》く手の中でぐにゃりと潰れた。三たび悲鳴を上げて手を離すと、投げ捨てられたそれは、赤くぬめった包み紙と共にドアに当たり、ぐしゃりと潰れて床に血溜《ちだ》まりに似た染みを作った。

絶叫した。

真っ赤になった手を見て、絶叫した。

足首を引っ張られ、さらに絶叫した。

床に這ったまま足を見ると、まだ白い手はしっかりと足首を摑んでいて、そしてホースのように腕が伸びているその向こうに、その根元に、ベッドの下の隙間が見えた。

悲鳴を上げた。

今度は本物の、恐怖の悲鳴だった。

子供が、こっちを見ていた。

いや、違う。見ている筈は無かった。見えている筈が無い。こっちを向いている男の子の顔は、その目が固く、白い目隠しに覆われていたからだ。

それは間違い無い。〝あの夢〟に出てきた男の子だった。

しかしその生々しさと奇怪さは、夢など比較にならなかった。

軀《からだ》が奇怪に歪んでいた。それは骨格も中途半端に、まるで人間の形になり損ねた肉の塊のようだった。捩《ねじ》れて曲がった胴体。異様な方向を向いて折り畳まれた四肢。そこから延ばされた長い長い手。そんな生き物がベッドの下――暗く澱んだベッドの下の隙間に、幾重にも折り畳まれるようにして、みっちりと詰まっていた。

頭だけが、綺麗に形を保っていた。

しかし、かえってそれは、異様な光景に拍車をかけていた。

その顔が、首を異常極まる方向に捻《ね》じ曲《ま》げて、こちらを向いていた。

そして、鬱血しそうなほど強く目隠しをした顔で――――空洞のような口を開けて、歯の無い中身を見せて、笑った。


「――――――――！」


絶叫した。

床を這って、逃げようとした。

赤く染まったドアに、手を突いた。

しかしドアは途端に閉まり、逃げ道を閉ざした。

後ろで、少年のできそこないが、身じろぎした。

半狂乱になって、ドアを叩いた。ずるりとベッドの下から、それが這《は》い出《だ》してきた。くすくすと、嬉しそうな、無邪気な笑い声を立てて――――

*

「久美ちゃん遅いねえ……」

「ん」

女子寮の前で、稜子は時計の表示された携帯画面を見て、呟く。

身支度が終わって、稜子と亜紀は久美子を待っていたのだが、いつまで経っても久美子は寮から出て来ない。稜子はもう何度も、時計に目をやっていた。

このままでは、授業に遅れてしまう。

いや、もう危ない。と、最初はそう思っていたのだが、時間が経つにつれて、稜子は心配の方が強くなって来ていた。いくら何でも、これは遅すぎた。

「遅いね……」

もう何度目かの、台詞《せりふ》。

メッセージを送っても、反応が無い。

待ちながら、目を向けている寮は、静まり返っている。

沈黙と、そして窓を埋め尽くす奇怪な落書き。稜子の中にある心配を、そのホラーじみた光景がひしひしと、そして鬱々と、煽る。

「……」

久美子は、出て来ない。

中に久美子が居る筈の建物は、周囲の世界から切り取られているかのように、不気味な沈黙を保っていた。

時間は過ぎ、そろそろ遅刻が確実の時間になる。

稜子は完全に久美子が心配になっていた。亜紀も最初は時間の経過に苛立っていたが、今は表情が別のものになっていた。

「……まずいかも」

誰も出て来ない玄関を見ながら、やがて亜紀は呟いた。

「そうだよね……ねえ、見てきた方が良くないかな？」

稜子は同意しつつ、寮の建物を眺めやった。

その時、静寂の奥から、悲鳴が聞こえた。

「！」

稜子と亜紀は顔を見合わせた。その甲高い悲鳴は、明らかにいま注視している寮の建物の中から、聞こえたのだ。

悲鳴はすぐに泣き声に変わり、やがて聞こえなくなった。

何か叫んだようだったが、内容は聞き取れなかった。

「あ、亜紀ちゃん、今の……！」

「ちょっと待って。恭の字呼ぶから」

亜紀は携帯を取り出す。だが稜子は待ちきれずに走り出す。亜紀が止めたが、それどころでは無い。

「ちょっと、稜子！」

「ごめん、先行ってる！」

悲鳴には聞き覚えがあったのだ。

それは、多絵のものだった。

聞き間違えでなければ、あの〝そうじさま〟の日に聞いた、多絵の悲鳴と同じもの。

稜子は走る。寮のドアを開け、玄関に飛び込むと、靴を放り出すように脱いで、中へと駆け込んだ。

「多絵ちゃん……！」

階段を駆け上がると、すぐに二階の廊下に座り込んでいる多絵の姿が見えた。

「多絵ちゃん！」

姿を見て、若干の安堵と共に、稜子は駆け寄る。多絵は腰を抜かして座り込み、それでもそんな状態で動こうとしたようで、這っているのか座っているのか判らないような、奇妙な体勢になっていた。

そんな格好で多絵は泣きじゃくって、顔をぐしゃぐしゃに濡らしていた。

「多絵ちゃん、大丈夫⁉」

「う………う……っ！」

多絵は稜子を見て名前を呼んだようだが、言葉になっていなかった。

稜子はそんな多絵に必死で話しかけたが、半狂乱の多絵は何を聞いても、まともな受け答えができない状態だった。

「ねえ、何があったの⁉」

「……あ……うあ……あ……っ…………！」

泣いて、震えて、言葉にならない。何があったのか、全く判らない。

久美子の姿も、ここには見えない。

「ねえ、久美ちゃんは？」

稜子は訊ねた。多絵は答えず、泣きながら必死の形相で、かぶりを振るばかり。

そうしていると足音が駆け上がって来て、亜紀が追い付いて来た。

「あんたはもう無茶して……！　で、どうなってんの？」

亜紀が文句を言いながらそう訊ねたが、何も把握できていない稜子は、首を横に振るしか無かった。

「ねえ、亜紀ちゃん、多絵ちゃんをお願い」

「ん？」

稜子は亜紀に、多絵を任せた。

そして稜子は立ち上がり、そこへと近寄った。

最初から気になっていた。久美子の部屋のドアが、三分の一ほど開いていた。

何より気になったのは、そこから僅かに覗く部屋の中の様子だった。想像するのも恐ろしいのだが、まるで部屋の中が血の海になっているような色をしていたのだ。

「稜子！　危ないからやめな！」

「大丈夫、見るだけだから」

多絵を押し付けられた形になった亜紀が警告する声に、小さく振り返って応え、稜子はドアに近寄った。

「久美ちゃんが居ないか、確認しないと……」

もしもこの中に久美子が居るなら、一刻を争うかも知れない。稜子はその一心でドアに近寄るが、さすがに不安と緊張が、心の中に一杯になっていた。

ドアに近付く。

ドアの内側が、だんだんと見えてくる。

そして————中を見た稜子は、言葉を失くした。

血では無かった。それだけは確認した。だが久美子の部屋の中は、壁から床から天井から、おびただしい量の赤い落書きで、隙間も無いほど埋め尽くされていたのだった。

部屋は真っ赤になっていた。

そして中から外へ、凄《すさ》まじいほど強いクレヨンの匂いが漂って来た。

赤いクレヨンの落書きは、部屋中を真っ赤に塗り潰していた。それは壁や床だけでなく、机もベッドもカーテンも、全ての物品に書き込まれていた。

それは一面の模様のようだった。

だがよく見れば、それらの一つ一つが独立した、他愛のない落書きだという事が判った。

ただ、その密度と量が異常だった。落書きは互いに重なる事なく、ひどく有機的な整然さで並べられ、書き込まれていた。

さらに気付いたのが、その主題の異常さだった。

無邪気な人間の絵と、無邪気な怪物の絵が、並んで描かれていた。

しかし描かれている人間の絵は同じような無邪気さで、首が、手足が、もがれていた。無邪気な怪物が、無邪気に人間を喰らっていて、そして噴き出し、流れる血が、執拗なまでの熱心さで、強く、何度も、塗り込まれていた。

窓には、無数の人の顔がぎっしりと書き込まれていた。

例外なく不気味に笑う顔。異常者の作ったステンドグラスのようだった。

天井には一面に、大小の目玉が書き込まれていた。それはまるで天から〝何か〟が見下ろしているような、異様な錯覚を稜子に与えた。

それらが渾然一体《こんぜんいったい》となった、異常な模様。

部屋に漂う、甘ったるいクレヨンの油の香り。

稜子は吐き気を感じて、目を逸らした。途端にドアの裏が目に入って、稜子は悲鳴を上げかかった。

「…………！」

血の手形が、大量にドアの内側に付いていた。

血だと思った。だがそこに塗りたくられていたのは、溶けたクレヨンだった。

噴き出した血のように、溶けたクレヨンがぶちまけられて、その上からべたべたと無数の手形が付いていた。赤い手形は開かないドアを開けようと足掻いているかのように、何度もドアの上を乱れていた。だがやがて、それは引《ひ》っ掻《か》くように一直線に床へと向けて下がり、そしてそのまま一直線に床を滑って、ラインを引いたように、ベッドの下まで続いていた。

それは敢えて言うなら。

誰かがドアの前から、ベッドの下まで引きずられて行ったかのようだった。

廊下には多絵の泣き声が響き、亜紀の苛立った声が響いていた。

ベッドの下を確認する勇気は、稜子には、無かった。

…………

……………………

4

ベッドの下は空っぽだった。

久美子は、どこにも居なかった。

その日の夜、多絵は見知らぬ家に連れて来られた。

突然やって来た黒服の男に、ここまで連れて来られたのだった。


「――あなたの安全のためです」


黒服の男と、そして男と一緒にいた稜子も、多絵にそう言った。だが説明されても、多絵にはよく判らなかった。

ただ判ったのは、久美子が消えてしまったという事だけだった。

他にも色々言われた気がするが、多絵はぼんやりとして、よく聞いていなかった。

説明も求められたが、何を言えばいいのか判らなかった。多絵が知っているのは手洗いから帰ったら部屋が真っ赤になっていたという、ただそれだけだ。

そこからは、よく憶えていなかった。どうもその時、入れ違いで久美子が部屋に戻っていたらしいのだ。

そして部屋が赤くなって、久美子は消えた。

もう何が何だか判らなかった。

ただ、助けて欲しかった。

何で月子は、死んでしまったのだろう？

＊

亜紀達はその日の夜、空目の家に集まった。

あの〝そうじさま〟に関わった人間を集めた合宿計画。当初この計画は週末まで待ち、充分な準備をしてから実行する筈だったが、久美子の失踪という事件を受けて、急遽《きゅうきょ》予定を繰り上げたのだ。

いつもの五人と、あやめ。

そしてその中に、今日は多絵も居る。

多絵にも最初から説明して、来て貰った。一時避難という形だ。これで安全かどうかは果たして判らなかったが、少なくともこのまま寮を含む学校内に留《とど》まり続ける事は、明らかに危険だったからだ。

確実に、〝そうじさま〟は忍び寄っていた。

あの、真っ赤に塗りたくられた部屋の中の、どこにも久美子は居なかった。

芳賀によると、手形の指紋は久美子のものと一致したそうだ。そしてドアを引っ掻き、床に伸びた引《ひ》き摺《ず》り跡は、ベッドの下で、ぷっつりと途切れていたらしかった。

そのまま、久美子の行方は杳《よう》として知れなかった。

それを境に誰も、久美子の姿を見た者は無かった。

とりあえず、被害者候補を学校から引き離す事にした。その状態で様子を見て、対処の糸口を見付け出すしかなかった。

皆は空目の家に泊り込む事になった。

亜紀と稜子と多絵には、女子部屋として一階の客間が割り当てられた。

絨毯《じゆうたん》敷きの洋間に、ベッドが一つ。そのベッドが隅に寄せられて、カーペットの床に布団が二つ持ち込まれている。

ベッドは、お客様である多絵に使わせる事にした。

亜紀と稜子は布団だ。直接床に座ると、洋室の天井の高さが無闇に強調されて、空虚な違和感となって感じられた。それが妙に落ち着かず、居心地悪さを感じたが、これでもまともな方を割り振られたので文句は言えなかった。男子の方はと言えば、隣の応接間が割り当てで寝具も無く、毛布一枚でソファに寝る事になっていた。

どちらで異常が起こっても対処できるようにと、部屋を隣にしている。

だが、部屋も寝具も足りない。親が碌に帰って来ず、一人暮らし同然の生活が長かったこの家は、寝具も処分されて長かった。

急遽前倒しされた計画のため、準備も足りない。

結局、ソファまで利用して形だけ整えた。

「……あれ？　あやめちゃんは？」

部屋割りの時に、あやめが数に入っておらず、稜子が言った。

あやめは寂しそうに笑みを浮かべて、ただ首を横に振った。

空目は言った。

「無意味だ。必要ない」

「そうなの……？」

稜子は不審そうにしていたが、気付いていないのか、それとも気にしていないのか。そもそも食事をしているのも見た事が無い生き物に、睡眠などという常識的なものが必要だとは、亜紀には到底思えない。

稜子や武巳は普通に接しているが、あれは人間では無い。

二人とも、それを忘れている。

まあ、それはともかく――――合宿計画はこうして実行に移され、ある程度落ち着いた時には、すっかり夜も更けた、そんな時刻になっていた。その頃、女子部屋の客間で、亜紀達三人はようやく一息ついて、それぞれ過ごしていた。

見た目だけはパジャマパーティーのような態勢だったが、そんな悠長なものでも気楽なものでも無かった。着ているのもパジャマではなく、ややラフな普段着だ。

ただ、これでも寝る態勢だ。

何があってもいいように、寝込みの状態からいきなり外に飛び出しても問題ない服装を選択しているのだ。

「…………」

もう、夜中が近かった。

寮ならばとっくに消灯の時刻だろう。だが稜子も多絵も、寝ようとするそぶりさえも見せなかった。

と言っても話で盛り上がっている訳でも、ゲームなどをしている訳でも無い。

誰もが無言だった。それぞれ黙り込んで、どちらかと言えば鬱々と、内に籠もって、夜の時を過ごしている。

亜紀も稜子も、最初のうちは気を遣って、多絵に色々話しかけたりしていた。

しかし多絵は何か言われれば黙って従うものの、話しかけられても黙りこくって、一切答えを返す事は無かった。

何を言っても、多絵はずっと目を伏せて、放心したように座り込んでいた。

そうするうちに、やがて話の糸口も尽き、気まずい沈黙が、後には残ったという訳だ。

「………………」

ベッドの上で、多絵はただ黙って座り込んでいる。

亜紀も稜子も、多絵の扱いには困っていた。

沈黙。

そして沈黙。

ひどく無駄な時間を過ごしていた。自分は何をしているのかと、亜紀は自問する。

結論はすぐに出た。亜紀は口を開いた。

「…………稜子……」

僅かに声を潜め、亜紀は言った。

「……なに？　亜紀ちゃん」

「この子、どうにかなんないわけ？」

声こそ多少潜めているが、言葉を隠すつもりなど全くなかった。

「ちょ、ちょっと亜紀ちゃん……」

稜子が狼狽する。だが亜紀は構う事なく、多絵に厳しい目を向けた。

久美子が消えたあの時から、ずっと多絵はこの調子だった。月子の時は泣きじゃくり、今回は放心し、多絵が少しも役に立たない事に、正直亜紀は苛立っていた。

ここに今こうしている事が、全て多絵のためだとまで言う気は無い。だが、多絵が行動も意志も見せない事が、ひどく亜紀の気に障《さわ》った。多絵が何を考えているのか判らない事が、気に障った。その気があるなら協力して欲しいし、不満があるなら言えばいいのだ。

考えてみれば、亜紀は多絵から事件に関する事を、一言たりとも聞いた憶えが無かった。どういうつもりなのかと、亜紀はその沈黙を不快に思った。

助かりたいのか？　死にたいのか？

多絵は何も言わない。亜紀達の存在など、無いものと思っているかのように。

「亜紀ちゃん、多絵ちゃん被害者だから、優しく……」

「稜子、悪いけど黙ってて」

亜紀は立ち上がり、多絵に近付いた。そしてベッドの脇に立ち、多絵を見下ろした。

稜子が息を呑む。しかし亜紀にすぐ傍に立たれても、多絵は視線も動かさなかった。俯いて内に籠ったまま。その頑《かたく》なさに亜紀は嫌悪感を覚える。

それは〝同族嫌悪〟だった。

方向性こそ違うものの、自分の世界以外には一切の価値を置かない人間。

多絵も亜紀も、他人の事など、本質的には興味も無いのだ。自分の世界を壊されたくないから、壊しかねない人間には気持ちを語らない。

そのために亜紀は攻撃し、多絵は内に引き籠もる。

手段が違うだけで、同じ。

歪んだ鏡に映った自分を見たようで、亜紀は激しく不快になった。嫌いだという感情は、何も無いところからは出て来ない。それが自分自身の嫌いな、あるいは嫌いだった部分に当て嵌まるからこそ、その投影として嫌悪するのだ。

気付いた時には、逆上しそうなほど腹が立った。

今もだ。引っ叩きたい。だが自制する。言おうと思った事も、訊こうと思った事も、それらは全てこの場で呑み込んだ。

ここで亜紀が怒り狂ったとしても、多絵は何も反応しないだろう事を、亜紀は自分の事であるかのように理解している。亜紀は大きく息を吐く。言いたい事は山ほどあったが、反応は無いだろうし、何かを訊いても答えは返って来るまい。無意味な事は判っていた。

「……もういい。電気消そう」

亜紀は代わりにそう言うと、きびすを返した。そして多絵に背を向けたまま、布団へと潜り込んだ。

「………」

戸惑い気味の稜子の手で、電気が消された。

後には、亜紀にはすっかり馴染みになっている、しかしいつまでも慣れる事はできない自己嫌悪だけが、闇の中に残った。

*

暗闇だった。

――――こつっ、

小さな物音を聞いた気がして、多絵はその暗闇の中で、密かに目を覚ました。

目を開けると、そこには虚空の闇が広がっていた。

闇の中で、壁と天井が、ぼんやりと灰色の影になって見えた。

それは見知らぬ景色で、多絵は自分がどこにいるのか最初、判らなかった。じっとしていると、やがてぼんやりと、今までの事を思い出した。

自分はここに、連れて来られたのだった。

だが、自分が何をしているのかは、よく判らなかった。

言われたから従っただけで、話など殆ど聞いていなかった。そしてどうでもよかった。何も考えたく無かった。

暗闇を見詰めた。

——こつっ、

音が聞こえた。窓ガラスを叩くようなその硬質の音は、暗い静寂の中で、確かに響いた。

いや、それは間違い無く、窓ガラスを叩く音だった。小さな音。暗闇の中で、多絵は身じろぎし、静かにベッドから、身を起こした。

一面灰色の景色の中、窓が見えた。

窓を覆ったカーテンの、その細い合わせ目から、外の光が白く、そして細く、ほっそりと、糸のように入って来ていた。

外は月夜のようだ。ぼんやりと、多絵はそんな事を考える。

多絵はのろのろとベッドから足を下ろし、薄い布団を押し除けて立ち上がった。呼ばれている。そんな気がしたのだ。

——こつっ、

音が、また聞こえた。

何となく。だが。ほら。やっぱり、呼ばれている。

多絵はベッドから下ろした足で、窓へと向けて立ち上がった。床で二人寝ていたが、まるで死んでいるかのように静かだった。

——こつっ、

聞こえる。

足下に寝ているモノを避けて、窓に向けて足を進めた。

窓の前に立った。カーテンに手をかけた。

何かを忘れている気がした。

窓。

窓ガラス。

何だっただろう？

鈍った頭は思い出せなかった。思い出せないまま、手が、カーテンを開いた。

こつっ、こつっ。

…………………

……………………………………

六章　いかいいろ

1

「…………？」


何か異様な気配に、武巳は目を覚ました。

目を開けると、そこには蒼《あお》暗い、空目の家の応接間の景色が広がっていた。

視界は闇の中でありながら、並んだソファも、調度品も、その輪郭から細部までを、くっきりと晒《さら》していた。雑に引かれたカーテンの隙間から、外の明かりが入って来ていた。

清浄な光によって、部屋は柔らかく照らされている。

外は、月夜のようだった。

その景色自体は、静謐ながらも不審なところは無い。

だが、そこに満ちる空気は、何とも説明し難い異様さを湛《たた》えていた。

「…………」

何か、空気が違っていた。

武巳は青い闇の中、寝ていたソファから身を起こした。

染《し》み透《とお》るような、冷たい夜気のようなものが、部屋中に満ちていた。それは九月の、秋とも夏ともつかない夜の空気とも、また違うものだった。

張り詰めるような空気だった。

その空気が、シルエットで構成された部屋の雰囲気を、妙に空々しいものに変えていた。

空目や俊也が、毛布に包《くる》まって眠っているのが見える。しかしそれすらも、まるで死んでいるかのように、ひどく無機質なものに見える。

墓所のような静謐が、部屋に満ちている。

何の音も、呼吸の音すらも、闇と静寂に喰われて消え、武巳の耳には聞こえない。

しん、

と闇が、停滞している。

その中で、武巳は漠然と部屋を眺めている。

目は完全に覚めていた。

しかしその異常に明瞭な意識が、かえって目に見える景色から、現実感を失わせていた。

夜中に突然、目が覚める。意識は非常に明瞭で、闇の中でぽつんと目を開けている。今の武巳は、丁度そんな状態だった。自分がどうして起きているのか、それを武巳は理解できていなかった。

しん、

と広がる闇の中で、武巳は目を開けていた。

その闇自体が、異様な気配と存在感をもって、部屋の中に広がっていた。

ゆっくりと部屋を見回した。灰色に沈んだ部屋の景色が、周囲にはぐるりとパノラマめいて広がっていた。

カーテンに覆われた窓。

ガラス戸の嵌《は》まった戸棚。

並べられたソファ。

形ばかりのマントルピース。

それらを、ゆっくりと、ぐるりと見回して――――武巳はそこで、視線が止まった。

ドアが、開いていた。

重厚な木製のドアが、内側に開いていた。そして黒々とした廊下が、ぽっかりと、その向こうに口を開けていた。

閉め忘れた憶えは無かった。

いつ開いたものか、全く判らなかった。

月明かりの届かない、廊下の真の闇の奥に、ひしひしと闇の気配がわだかまっていた。何かが見える訳では無いが、何かが居る。そんなありもしない錯覚が、武巳の頭では無く、肌から身の内側に染み込んで来た。

「…………」

暗い、廊下。

その時、

――――ひた、

と武巳は、何か小さな音を聞いたような気がした。

「…………」

音は全くの暗闇の、廊下から聞こえて来た。空耳かと思った。今いる部屋の、壁一枚を隔てて向こう。誰も居ない筈の場所から、その音は聞こえたのだ。

明かりが無い。

口を開けているドアの向こうには、明かりが点いていない。

そこから覗く、一切の視界が通らないであろう暗闇の中から、音が聞こえたのだ。人間など居る筈の無い場所から。

——ひた、

闇から。

奥から。

それは、足音だった。

板張りの廊下を、裸足《はだし》で歩く、小さな音だ。

それは柔らかい足裏が板に張り付く——小さ、な、子供、の、足音、だ、っ、た。

ぞっ、

と気付いた瞬間、全身の毛が逆立った。

寒気が駆け上がった。足音は廊下の向こう、その暗い闇の奥から、明らかに、こちらに近付いて来ていた。

――――ひたっ、ひたっ、

近付いていた。こちらに向かって。

開いているドアに向かって。隔てるものが無い、ドア向かって。

足音が、何かが、近付いて来る。この開いたドアから、その姿が見えるその瞬間が近付いている事を想像して、ぞわあ、と腕に鳥肌が立った。その何かは――――足音は、〝男の子〟に違い無い。あの白い、窓の外の手の持ち主が、間違いなくここに来ているのだ。

――――ひたっ、ひたっ、ひたっ、ひたっ、

足音はもう、すぐそこ。

廊下は暗闇に包まれている。その向こうから、音だけが聞こえる。

やばい。やばい。ごくりと渇ききった喉で、空気の塊を呑み込んだ。すぐそこだ。もうその

姿は、あと少しで――――そのドアから、覗く。

――――ひたっ、

足音。

――――ひたっ、

足音。

――――ひたっ、

足音。

そして――――止まる。

全てが止まり、緊張した静寂が張り詰めて、開いたドアを、瞬きも忘れて、大きく目を開けて、凝視した。

そして。

そこに――――

現れたのは、多絵だった。

武巳は驚きのあまり、身動きも取れずに、それを凝視した。

多絵は何者かに手を引かれるように虚空へと腕を差し出して、ゆっくりと真っ暗闇の廊下を歩いていた。

視界も通らない暗闇を。

しかし目が見えない事は、今の多絵には関係なかった。

その両目は、しっかりと目隠しによって塞がれていた。

目隠しをして、まるで見えない何かに手を引かれているかのように、多絵は暗闇の廊下を、ひたひたと歩いていたのだ。

「…………!!」

武巳は戦慄した。

慄然として、武巳はその光景を眺めた。

声も出せず、身動きもできず、武巳は多絵を見送った。多絵はドアの前を横切って、ドアの向こうに姿を消し、そこで初めて武巳は、恐怖から正気に返った。

「お、おい……」

ドアの向こうに呼びかけたが、その声は掠れていた。

慌てて武巳は、ソファから立ち上がった。多絵を追いかけ。どこに行こうとしているのか確かめようとして――――廊下に出ようとしたその瞬間、腕を掴まれた。

「‼」

飛び上がらんばかりに驚いて振り返ると、腕を掴んでいるのは、あやめだった。

「……え……？」

呆然とする武巳。その武巳に向かって、あやめは悲しそうに首を振る。

行ってはいけないという意味だと悟った。

武巳は――――

＊

「――――おい」

突然肩を揺すられて、武巳は目を覚ました。

ぼーっとして目を開けると、部屋は明るく、俊也が武巳の肩を摑んでいた。

「…………え、あれ？　村神…………？」

「起きろ」

最初、自分の状況が判らなかった。

だが次の俊也の言葉で、完全に目が覚めて、武巳はソファから飛び起きた。

「森居が消えた」

「！」

武巳はその瞬間、全てを鮮明に思い出した。廊下を歩く多絵の姿も。しかし、今しがた見たと思ったあの多絵が、夢だったのかは、咄嗟《とっさ》には判断が付かなかった。

今の状況からして、夢だとは思う。

だがあまりにもその感覚は鮮明だった。混乱して、ものが言えない。

「え……？　あ……」

隣の女子部屋で、皆が話をしているのが聞こえた。

俊也は武巳を起こすと、すぐに部屋を出て行った。見ると、この部屋には武巳以外、もう誰も居なかった。空目もすでに、向こうの部屋に居るらしい。

武巳は立ち上がり、部屋を出て、隣の客間を覗いた。

やはりそこに、皆が集まっていた。

部屋の窓の一つが、開け放たれている。皆がそこに立って、何やら話しながら窓の様子を調べていて、空目が窓の外に身を乗り出して、何処かを確認している。

稜子だけが、そんな皆から少し離れて、そこに不安な表情で立ち尽くしていた。

その状況を眺めていると、稜子が武巳に気付いて近寄って来た。

稜子は武巳の傍に立ち、囁く。

「多絵ちゃんがね、いなくなったの……」

「うん、さっき聞いた」

とりあえず、稜子に頷いて見せる武巳。そして、どうなっているのか確認しようと、窓に集まっている皆の方に、近付いて行った。

稜子は、武巳の後ろに張り付くようにして付いて来た。

武巳のシャツの袖を摑んでいる。稜子の不安が、触れた手から肌を通じて伝わる。

武巳は少しだけ、居心地悪く思う。とはいえ振《ふ》り解《ほど》く訳にもいかず、武巳はそのまま、皆へと声をかけた。

「……なあ、どうなってるんだ？」

その武巳の言葉に、亜紀が目だけで振り返った。

そして、空目の脇に立って窓に向けて背伸びをしている、あやめを視線で指し示した。

「これが部屋に飛び込んできて、起きた時にはあの子が居なくなってた」

そう、亜紀の説明。

「代わりにこの窓が全開になってた。ここから出てったのかね。私らは何も気付かずに、いい面の皮ってわけ」

冗談めかしてはいたが、亜紀の目と口調は少しも笑っていない。武巳はその剣幕に、少しだけ気圧《けお》される。

そんな武巳に鼻を鳴らし、亜紀は窓の方へと目を戻す。

取り残されたような形になった武巳が、救いを求めるように見回すと、亜紀の話を聞いて振り返ったあやめと、目が合った。あやめは武巳を見ると、ほっとしたような表情をして、すぐに人見知りしたように目を逸らした。武巳は心の中で困惑した。先程の夢の事を聞きたかったが、この緊迫した雰囲気では夢の話をするのは憚《はばか》られた。

そうしていると、亜紀が空目に訊ねた。

「どう？　恭の字」

「判らん」

その亜紀の問いに、空目は答えた。

空目は窓から身を乗り出して、空気の匂いを嗅いでいた。

ここでその行為が示す事は、一つしか無い。

「学校にあったのと同じタイプの匂いが、内にも外にもかなりの密度で広がっている。恐らく外だろうと思う。家の中では無い。だが、ここからでは香りの元がどこか、特定するのは難しい。あやめもここにいて、香りは同じだ。かなり広範囲を探す必要があるだろう」

「そう……」

亜紀が若干悔しそうに、眉根を寄せる。

多絵を探そうにも、手掛かりが無いようだった。亜紀は消えた多絵に気付かなかった自分に腹を立てているようだ。

俊也が言う。

「とりあえず、周辺を探すしかないか」

「そうだな、今のところ、それしか思い付かん」

空目も頷いた。亜紀も含めて、三人が頷き合う。そして一同を見回した。

「……バラバラに探すのは危険だよね」

亜紀が言う。

「だろうな」

「で、そうなると、この足手まとい兼、犠牲者候補のお二人は、どうする？」

そして、空目とそんなやりとりを交わし、武巳の方を見る。

武巳は、嫌な予感がした。もちろんその予感は、完全に当たった。

「……残ってもらおっか」

「う……」

「何か不満でも？」

「…………別に」

亜紀に強く出られると、武巳は何も言い返せない。

結局、武巳と稜子は残される事になった。窓もドアも絶対開けないように言い渡して、皆は多絵を探しに、外に出て行ってしまった。

2

月も無い夜だった。

その日、空には暗鬱な雲が一面に垂れ込め、見るからに嫌な夜だった。

外は暗く、冷たい夜気に支配されていた。家の壁も、塀も、垣根も、全てが魔物の城のように、闇の中に映えていた。

街灯や家々の常夜灯も、この闇の中では蠟燭の灯のように力弱い。

そんな中、俊也は懐中電灯を片手に、暗い住宅街の道を歩いていた。

足音が、住宅街の静寂に響いていた。

俊也の後ろには空目と亜紀、あやめの三人が続いていた。

四人で固まっている以上、走り回る訳にもいかない。そのため早足で、皆、夜闇の中を歩き回っている。

皆、周囲を警戒していた。

空目は時折立ち止まっては、夜の空気を吸い込んでいた。

「……どうだ?」

俊也は、そんな空目に問う。空目は路地を指差し、より〝匂い〟の強い方向を示す。

こんな事をもう何度か繰り返し、ここまで来ていた。この住宅地は子供の頃から知っている筈だが、この嫌な夜闇の中では知らない町のようで、もはや現在位置など判らず、ひどく不安を煽られていた。

自分の位置を把握しないまま、ただ空目の指示に従って、俊也は進んでいた。

空目を信用していない訳では無いが、なまじ街を知っている俊也よりも、かえって何も知らない亜紀の方が、この場合は度胸が据わっているように思えた。

それに、家に置いてきた二人の事もある。

あの二人を連れて来ないのは賛成だったが、結局置いて来ても、心配は変わらない。

外よりはマシだと思うが、家が安全だという保証は全く無いのだ。本当に置いて来て大丈夫だったか不安が付《つ》き纏《まと》う。とは言え多絵を見捨てる選択肢も無く、他にいい方法があったかと言われると何も言えない。

「おい、空目」

歩きながら、俊也は言った。

「何だ？」

「近藤達を置いて来て、平気だったのか？」

そう聞くと、空目は俊也を見上げて、微かに眉を寄せた。

「……百パーセントの自信は無いな」

「おい……」

「余計な事に首を突っ込まなければ、心配は無いと思う」

そう空目は言ったが、かえって俊也の不安は増した。

「それが心配なんじゃねえか……」

「同感だね……」

二人を置いて来る発案者の亜紀も、それを聞いて顔を顰めた。訊ねる。

「で、余計な事って、例えば？」

空目はしばし立ち止まり、「こっちだ」と方向を示してから、その問いに答えた。

「……おそらく、あの客間の窓は、森居多絵が開けている」

「え？」

「この〝香り〟は外の方が強い。という事は、この〝何者か〟は外に居て、外から家の中に侵入して、森居を連れ去っている。そして、あの部屋は長く使っていなかったから、窓には埃が付着している。そこに痕跡が残っていた。あの窓は何らかの超常的な手段で開けられたのでは無く、ほぼ間違い無く森居が自らの手で開けている」

「はあ⁉」

「つまり、森居は自分から〝怪異〟を招き入れた」

そう、空目は言った。

「危険な存在だが、逆も成り立つ。おそらくこの〝怪異〟は、自身では施錠された家屋に侵入できない」

「それじゃ……」

「あの二人がわざわざ招き入れなければ、問題ないだろう」

「……」

亜紀は微妙な表情をした。

「開けるな、外に出るなとは、念を押してある。だとすると後は――――確率の問題だ」

信じる、といった言葉を、空目は使わない。そうして空目は、誰にも判らない〝香り〟に覆われた夜を、ただ一人、見上げた。

*

空目の家に取り残された稜子は、武巳と共に応接間で皆を待っていた。

ソファと調度品ばかりで、他に何も無い部屋。そんな部屋で、殆どやる事も無いまま、それでいてあまり話をする事も無く、二人はただ時間を無為に過ごしていた。

稜子が見守る中、武巳はソファに深く座り込んで、天井を見上げて溜息を吐く。

家を出ないよう釘《くぎ》を刺された結果、応接間自体から何となく出辛くなって、二人きりで閉じ籠ったまま、稜子も連絡を待つ携帯を握り締め、溜息を吐く。


「……」


何となく、話しかけ辛い雰囲気だった。

何だろう、気のせいかも知れないが、何か隠し事をしているか、それとも後悔しているか、そんな感じの暗い雰囲気が、武巳の表情の端々から感じられた。

少し気まずい。とはいえ、最近武巳と二人きりになった時、こういう気まずさのようなものを、よく感じるようになった。

　変な距離を感じる。

　断絶では無いけれども。

『意識されるようになったんじゃない？』

　ルームメイトの希《のぞみ》などは揶揄《からか》い混じりにそう言うが、何か違う気がする。

　そうなのかな？　と思う事もあるが、やはり違うような気もするし、何より切っ掛けが分からない。自意識過剰になるのも恥ずかしい。気にせず話しかければいい、とも言われたが、稜子はそういうものが気になって仕方が無い性質だ。

　それに相手の気分が暗いと、やはり稜子も暗い気分になる。

　稜子はすぐに、話している相手の感情に引き摺られてしまうのだ。

　今は多絵が心配でも、待つしかできない状況。こんな時こそ、できるなら話でもして気を紛らわせたかったのだが、今の武巳はそんな雰囲気では無かった。それにこんな状況で無駄話をするなんて、冷たい人間に思われそうで嫌だった。

「…………」

　お互い黙ったまま、座っていた。

　だが、やはりこの雰囲気は重くて、やがて耐え難くなった。

　稜子は思い切って、顔を上げた。そしてどうにか、武巳の名前を呼んだ。

「ねえ、武巳クン……」

「……うん？」

武巳のいつもと変わらぬ返事に、稜子は少しだけ助けられた気分になった。

「あ……あのね。お茶淹《い》れたいんだけど………台所まで付いて来てくれない？」

「へ？」

稜子の言葉に、武巳は不思議そうな顔をした。

「ちょっとね……怖くて」

自分でも媚《こ》びている気がしたが、怖いというのは嘘でもなかった。武巳は特に疑いもせず、頷いた。

「うん、いいよ。分かった」

「ありがと……」

武巳が立ち上がり、稜子も後に続いた。廊下は、電気を点けた状態でも薄暗かった。その廊下を歩いて奥、真っ暗なキッチンへと、二人は足を踏み入れた。電気のスイッチを入れる。蛍光灯が瞬《またた》き、煉瓦色を基調としたキッチンが照らし出された。昨日のうちに判っていたが、殆ど使われていないキッチンだった。常に使えるのは最低限のもので、多くの食器や調理道具は長い間仕舞い込まれているようだった。

「ごめんね、ちょっと待ってて」

その食卓の上も、物が置かれていた。何故か本などが置かれていて、半分も使える部分が無かった。

食卓の椅子に座って、お湯が沸くのを待つ。

稜子は薬缶《やかん》に水を入れ、火にかける。

「うん……」

「………」

じっと待つ。

ちりちりと薬缶が炙られる音が、過度に静かなキッチンに響く。

稜子も武巳も、じっと食卓に座っていた。そんな中、稜子はぽつりと、口を開いた。

「多絵ちゃん、どうなっちゃうんだろ……」

稜子は呟いた。

それは独白で、別に武巳の答えを期待していた訳では無かった。

もちろん武巳は、頬杖を突いて黙っていた。しかし武巳は沈黙の後、逆にぽつりと、独白の
ように口を開いた。

「夢をさ、見たんだよな」

「……え……?」

唐突な台詞に、稜子は思わず聞き返した。

「夢を見たんだよ。それに森居さんが出てきた」

「あ、うん……」

それを聞いて、ようやく稜子は脈絡を理解した。武巳は気の無い表情で、独り言を言うように話をしている。それは稜子に話しているというよりも、自分の記憶を纏めて納得させているようだった。

「夜中に目が覚めて……って、これも夢なんだけどさ、目が覚めると、部屋のドアが開いてるんだよ」

「うん……」

稜子は決して自分に向けられている訳では無い言葉に、それでも相槌を打つ。

「その開いてるドアから廊下が見えて、それが暗いんだよ」

「うん」

「で、その暗い廊下から、足音が聞こえて来るんだよ」

「うん」

相槌に促されて、武巳はぽつりぽつりと話を続ける。

「……それで？」

「そしたら――――そしたら、森居さんが目隠しして、廊下を歩いてたんだ」

「え？」

そこで、稜子の返事が凍り付いた。

「誰かに手を引かれてるみたいにして、手を伸ばして歩いてるんだけど、手の先には誰も居ないんだ。それで廊下を、ドアの前を、横切って行った」

夢の話が、どんどん聞き捨てならないものになっていった。

「……それで？」

「追いかけようとしたら、あやめちゃんに止められた」

「それから？」

「……それだけ。そこで、村神に起こされた」

「…………………」

武巳が黙り、嫌な沈黙が、キッチンに降りた。稜子は混乱する。今の話をどう取っていいものか、判断が付かなかった。ただの夢の話として流していいのか。それとも。

「……それ、どういう事？」

「分かんねえ」

「廊下を……歩いてたの？　そこの？」

稜子が訊ねると、武巳は頷いた。

「そこの廊下をな、歩いてた」

そう言って、今入ってきた入口を指差す。

「そこをずーっと通って、俺たちが寝てた部屋の前を、歩いて、通り過ぎた」

武巳は言う。曖昧な記憶を語っている人間の、独特の空気。

「……それ、ほんとに夢なの？」

「さあ……？」

武巳は首を傾げる。

「その後、その多絵ちゃんはどこに行ったの？」

「さあ？　そこで止められて、目が覚めたからなあ……どこだろ……？」

そこまで言ったところで、武巳の表情がさっと変わった。

「……！」

驚いたような、怯えたような表情だ。その尋常ではない表情の変化に、稜子は驚いて、そして怯えた。

「ど、どしたの？　武巳クン……」

「聞こえる……」

「え？」

「鈴の音が聞こえる……！」

武巳は言ったが、稜子にはそんな音は聞こえなかった。

「ど、どこに……？」

稜子は耳を澄ます。しかし聞こえるのは、コンロにかけられた薬缶の音ばかりだ。

「聞こえないのか？」

「う、うん」

「…………まさか……」

「ちょ、ちょっと……やめてよ……」

稜子は寒気を感じて、武巳の腕を掴んだ。その途端——

りん、

音が、聞こえた。

その音は紛《まが》う事なき、澄んだ鈴の音だった。

「！」

稜子は鳥肌が立った。

何故ならその音は、明らかに空気を震わせていない、別の世界の音だったからだ。

武巳は戦慄する稜子をよそに、ポケットから携帯を取り出した。そのカバーからぶら下がっているのは、黒い細紐《ほそひも》に結ばれた、小さな鈴だった。

「まさか……！」

その〝鈴〟の由来に思い当たって、稜子は目を丸くした。何とかという霊能者から貰った、中の玉が入っていない、その怪しい鈴の事は、武巳から聞いていた。

そしてその鈴が、空目と亜紀を探し出した事も。

その鈴の音が、武巳にしか聞こえない事も。

「これが、その鈴の音なの……？」

稜子は言った。

「え、聞こえたのか？」

今度は武巳が驚いて、目を丸くした。何故自分にも聞こえたのかは、はっきり言って判らなかった。だがこの鈴の音に関して、稜子はある可能性に思い至った。

「武巳クン、もしかして……」

稜子は言う。

武巳は無言で頷いた。どうやら同じ事を考えたようだった。

二人は真剣な顔で、顔を見合わせる。そして同時に頷き合い、稜子は調理台に行って、コンロの火を止めた。

そして、武巳が先に立ち、二人はキッチンから出た。

この家の中から聞こえる〝鈴〟の音を、二人は追い始めた。

りん、

この鈴の音は。

神隠しに攫われた人を、探し出す。

3

——ぎい、

階段を踏みしめる鈍い軋《きし》みが、廊下に響き渡った。

武巳は〝鈴〟の音を追って、一歩一歩、薄暗い階段を上っていた。

その後ろでは稜子が、緊張の面持ちで、武巳のシャツを摑んでいた。二人は同じ〝音〟を聞き、それを目指して、空目の家の中を歩いていた。

階段を、上る。

床板を踏むごとに、ぎ、ぎ、と階段は異様な軋みを上げて、上る者を脅かした。

普段は何という事も無い音が、闇と静寂に増幅されていた。緊張がその無機質な音に、悪意を与えていた。

見上げる先には暗い二階が、暗鬱な表情で見下ろしている。

洋風の内装は影を強調し、その影が、悪魔的に腕を広げる。

ここから見る二階は、魔窟のようだった。しかし、二人の目指している〝鈴〟の音は、明らかにその奥から聞こえていた。

その先に多絵が居る。二人はそう考えていた。

それはあくまでも可能性に過ぎなかったが、〝鈴〟がそのような力を持っている事は、今までの経験から知っていた。

失《う》せ物《もの》を探し出す。そう言って渡された鈴。

今まですっかり忘れていたが、この〝鈴〟は、そういうものだった。

それについて、武巳は空目に聞いた事があった。

『――――鈴はその効果から、超自然のものを呼ぶ、あるいは追い払うシンボルだった』

それは二度に及んで効果を表した〝鈴〟について、武巳が空目に、その根拠を訊ねた時の事だった。

『ヨーロッパではベルの音が、悪魔が子をかどわかすのを防いだという説話がある。日本でも神隠しに遭った人間を探す時は、鳴り物を鳴らしながら山々を探し回る。様々な宗教で、鈴や鐘は魔除《まよ》けと看做《みな》されている。教会の鐘も、仏教の鐘も、意味的には魔除けだ。魔術でも、鈴は魔除けに使われる。鈴の音は古来から、超常的なものと戦う手段だった』
そう空目は言った。
この〝鈴〟が何なのかは知らないが、超常的なものと戦う手段。
超常に攫われた人間を探す手段。今それに該当する者は、多絵しか考えられなかった。

りん、

鈴の音は、確かに聞こえる。

二階へ上がり、武巳は電気を点けた。

古ぼけた蛍光灯には、照らされてもなお、二階の廊下は暗かった。その影の世界へ、武巳は恐る恐る足を踏み入れた。

りん――――りん――――

徐々に、徐々に、音は大きくなっている。

それは音の元に近付いている、証拠だった。

歩くごとに鳴る鈴は、あたかも巡礼者の鈴のようだ。それはあまり明るくない、鬱々しい不気味な連想を、二人の脳裏に想起させた。

りん、

――ぎい……ぎい……

りん、

――ぎい……ぎい……

回廊を進む、夜の巡礼者二人。

そして二人はやがて、一つのドアの前に行き着いた。二階の廊下にいくつか並んでいる、同じデザインのドア。しかしそのドアには他のドアと違って、日に焼けて褪色《たいしょく》した小振りなドアプレートが、ぽつんとひとつ、かかっていた。

『こどもべや』

　プレートには、そう書かれていた。

　それは何年も放置されていたようで、色褪《いろあ》せて変色し、うっすらと埃を被《かぶ》っていた。元はパステルカラーだったであろう色は白く抜け、黄色を帯びていた。そのドアの向こうから、最後に聞いた鈴の〝音〟は、聞こえた気がした。


「…………」


　武巳は、稜子と視線を交わした。

　無意識に息を止めて、ドアノブを、握った。

　冷たいドアノブを回してみると、鍵はかかっておらず、すんなりと回った。

　武巳は口の中の唾を飲み込み、ゆっくりとドアを押し開けた。音も無く、抵抗も無く、滑るように、『こどもべや』のドアは開いた。


　――――途端。二人は息を呑んだ。


　絵画のような美があった。その美しさは、見た者の意識を一瞬別世界へと連れ去った。

　部屋の正面には大きな窓。その大窓いっぱいに、真円を描いた満月がかかっていた。そこから見える夜空は蒼く、その同じ色の光が煌々《こうこう》と窓から入り、部屋全体を青い色に照らし出していた。

清浄な光によって部屋は青白く染め上げられ、その光景は、水の底を思わせた。

部屋を見下ろす月は青く、それゆえに何よりも白かった。

空の蒼には雲がかかり、雲はまた別の色調の蒼となって、技巧を尽くした色硝子のように、窓の中に収まっていた。

静謐にして、清浄。

その狂的に美しい窓を中心に据えて、その子供部屋は、存在していた。

窓からの光はひたすらに蒼く、床を、壁を、照らしていた。

部屋の真ん中には二つのベッドが据えられ、床には古い玩具が、蒼い洗礼の光を浴びながら打ち捨てられていた。

三角の積み木が一つだけ、転がっている。

古いぬいぐるみが、ベッドの柱を背に、座り込んでいる。

読みかけの童話の本が開かれたまま、部屋の隅に、投げ出されている。

それらが全て蒼い光の中で息づき、同時に景色の一部として取り込まれて、異常に無機質なオブジェとして調和していた。それらは身じろぎもせず、部屋の一部として、青い幻想の世界を構成していた。

そして――――その静謐の中で、一人。森居多絵が背を向けて、蒼い光の降り注ぐ床に、蹲《うずくま》っていた。

後頭部には、しっかりと目隠しの布が結ばれていた。

蒼い光に染め上げられて、多絵は目隠しをして、子供部屋の真ん中、二つのベッドの間の床に、まるで何かのオブジェのように静かに蹲っていた。

稜子が、呆然と名前を呼んだ。


「多絵――――ちゃん？」


動かないかと思われた多絵は、しかしその声に反応して、ぱっ、と伏せていた頭を上げて、目隠しをした顔をこちらへ向けた。

青白いその顔は、まるで陶器のようだった。

そして多絵は、その陶器の人形のような顔の中で、唯一あらわになっている口を歪めて、にっこりと微笑んだ。

「稜子ちゃん！」

その表情に、その声色に、武巳は冷水を浴びせられたような感覚を覚えた。

ぞっとした。このような笑みは、多絵という少女の顔に浮かべるには、あまりにも異質なものだった。

その、世にも幸せそうな表情は。

内向的で、自罰的で、この世の幸福から縁遠い魂を持った多絵という少女には、恐ろしく不釣合いな満開の笑顔は、露骨なまでの狂気を含んでいた。

「稜子ちゃん、私、月子さんを見付けたよ！」

「…………………!!」

その満面の笑顔と明るい言葉に、稜子が言葉も無く、僅かに後じさった。

「〝そうじさま〟が、迎えに来てくれたよ！　私にも見えたよ！　月子さんもいるよ！　幸せだよ！」

多絵は目隠しをした顔で、喋《しゃべ》る玩具のように明るく、そう言った。

その良く通るはっきりとした声は、確かに多絵の声だった。しかし多絵のそんな声など、この世に居る誰も、一度たりとも聞いた事は無かった。

幼児のようにはっきりとした声で、多絵は何度も叫んでいた。

「『霊感』を授かったよ！　『異界』が見えるよ！　月子さんも見えるよ！　幸せだよ！」

「た、多絵ちゃん……」

「私にも来たよ！　月子さんにも来たよ！　〝魔女〟の言った通り！　幸せだよ！」

それを聞いた瞬間、武巳の心臓は跳ね上がった。

「〝魔女〟？」

「〝魔女〟！　〝魔女〟は言ったよ！　目隠しをすればいいって！　現実なんか見えなくなるって！　月子さんにも！」

多絵は叫んだ。

「月子さんに〝悪魔〟を紹介した！　月子さんに『霊感』を授けた！　月子さんに『魔法』を教えた！　〝そうじさま〟も！」

「…………！」

鳥肌が立った。

「〝そうじさま〟？」

「〝そうじさま〟！」

「〝魔女〟が？」

「〝魔女〟が教えた！」

「〝悪魔〟って？」

「〝霊能者〟！」

「────〝魔女〟って？」

重ねてそれを聞くと、多絵は誇らしげに胸を張った。

「……十叶《とがの》先輩!!」

*

その少女は、十字路に立っていた。

少女は十字路の中央に円を描き、その中で拍子を取り、歌を歌っていた。

円を描いている描線は太く――――いや二重になっていて、その間には複雑な文字と紋様が、細密に描き込まれていた。少女の手には人形が抱かれ、その人形には何故だろうか、目隠しがされていた。

その真円の中で少女は踊り、どす黒く曇った空へと向けて、透き通った声で歌っていた。

歌には奇妙な節回しが付けられて、夜の闇を、震わせていた。


――――毒茄子《なす》とマンドラゴラの茂る野で、私は知らない事を知る。

私は真夜中に丘の上で、異教の笛の調べを聴く。

燃え立つ炎、魔剣のきらめき、心の瞳、サバトの王。

古き御方の名の元に、私は酔歌し、舞踏する。

魔女の輪舞を誰が知る？

魔女の宴《うたげ》を誰が知る？

シモツケソウと薔薇《ばら》の野で、私は知り得ぬ事を知る――


歌い終わった少女は、誰にともなく一礼した。

そして振り返ると、ここに立つ観衆へと、にっこりと無垢《むく》な微笑みを向けた。


「――やあ、みんな。今日はいい月だねえ」


厚い雲が立ち込める空の下、十叶詠子《よみこ》は言った。

亜紀達は――そんな詠子に剣呑な目を向けながら、暗い路地に立ち、対峙《たいじ》していた。

夏休みを境に、学校から姿を消した〝魔女〟。亜紀はその先輩である少女に、きつく結んだ視線を向ける。

全く、予想していなかった。

空目の指示で町を捜索していたら、詠子と偶然に出くわしたのだ。

本当は、多絵を探しに来ていた筈だ。だが、だからと言って無視して行けるほど、詠子の存在は軽くは無いし、〝白〟でも無い。

しばし、互いに沈黙していた。

　やがて、空目が口を開いた。

「……ここで何をしている？」

　その空目の問いを聞いて、詠子はくすくすと笑った。

「いいのかなあ？　こんな所にいて」

「どういう意味だ？」

　空目が眉を寄せる。

「ここは正解だけど、ハズレなんだなあ。誘惑者が家に入ったからって、外に逃げるとは限らないよねえ？」

「！」

　その言葉に、空目の表情が変わった。

　亜紀は最初は訳が判らなかったが、少しして、理解が及んだ。同時にそれが示す意味に、亜紀は戦慄した。

「しまった……！」

　亜紀は歯《は》噛《が》みした。稜子と武巳が危ない。ミスリードだった。多絵を攫った化物が、まだ家の中にいるのだ。

「要するにあれは、あんたの差し金って事？」

　亜紀は切り付けるように詰問する。

その攻撃的な態度に対しても、詠子の調子は全く変わらなかった。

「まあ、そういう事になるのかな？」

詠子は言う。

「止めて！　今すぐ！」

「それは無理だな。もう、あれは私の手を離れちゃってるもの」

亜紀は睨み付けて言ったが、詠子はあっさりと、首を横に振った。

「確かに〝そうじさま〟は私が作ったけど、実行してるのは、あの子達だよ」

「っ!!」

「私が弓矢を作ったとして、飛んで来る矢を、製作者は止められる？　もう〝そうじさま〟はあの子達の物。放たれた矢は――――自分で防ぐなり、避けるなりしないとね。それが自分に向けた矢なら、尚更《なおさら》ね」

それを聞いて、亜紀は唇を嚙《か》んだ。

二人を残した事を後悔した。自分が言い出した。もしも何かあったら、自分の責任だ。

「ほら、早く戻ってあげないと」

詠子は言った。

「……戻るぞ、他の事は全部後回しだ」

俊也が詠子を睨《にら》み付《つ》けながら言う。そうだ。急がなくてはならない。早く戻らなければ、どんな事になるか分からない。

空目は詠子に、じっと目を向けていた。

「行こう空目。こいつの事は後だ」

俊也が、空目は、空目を促す。

だが空目は、詠子に言った。


「お前は——何が目的であんなものを作った？」


詠子はその問いかけに、不思議そうに首を傾げた。

「うん？　どういう事？」

「お前が弓矢を作ったなら、それは何かを殺傷するために作る筈だ。あらゆる物には『目的』がある。〝そうじさま〟の『目的』は何だ？　何を企《たくら》んでいる？」

言われると、詠子は微妙な表情をした。

「つれないなあ。あなたの〝弟〟を助けてあげようとしてるのに」

詠子は言った。その言葉に、すでに来た道を戻りかけていた筈の俊也が、思わず詠子を振り返った。

「……何？」

それは、それだけは、聞き捨てならないといった顔色。

「お前、何を言ってる？」

「そのままの意味だよ」

詠子は言う。

「だから、『異界』に捕らわれて形を失ってしまった弟君に、形を与えてあげようとしてるんだよ？　そのための〈儀式〉が、〝そうじさま〟だよ。皆で形をイメージしてあげれば、弟君も自分の形を取り戻す。学校の皆が、彼を形作ってあげるの。そして——帰るべき者は、帰るべき場所へ。形を無くして、帰る場所が無くなった子供は、こうして自分の家に、ようやく帰れる。元の姿を忘れたら、お家は入れてくれないよね。とても可哀想な、『ベッドの下の子供達』——」

詠子はそう言って、笑顔を浮かべた。

「てめえは……！」

「よせ、村神」

激昂《げきこう》しかかった俊也を、空目が止める。

代わりに空目は、詠子に一つだけ、訊ねた。

「もう——遅いんだな？」

その質問の意味は、亜紀には良く判らなかった。

詠子は頷いた。

「うん、もう始まっちゃったから」

微笑む。

「できそこないになって、〝形〟を失くしちゃった弟君の形を、皆で形作ってあげるの。それがあの子の望み。そして、皆の望み」

素晴らしいものを語るように、詠子は言った。

「大丈夫。きっとあの子は、皆と仲良くできると思うよ。そう、大丈夫。だって彼は寂しがり屋だけど、とても純粋で、いい子だもの――――」

4

凄絶に、壮絶に蒼い、子供部屋に。

武巳は稜子と共に、為《な》す術《すべ》も無く、立ち尽くしていた。

目隠しをした多絵が、世にも幸せそうな笑みを浮かべて、叫ぶその中。武巳はどうする事もできず、ただ立ち尽くしている。

「目隠しの中に月子さんもいるよ！　幸せだよ！」

多絵は叫ぶ。武巳達の言葉はすでに届いていない。

そんな多絵を見詰めたまま、稜子が武巳の腕に硬直してしがみ付いていた。

痛いほど強く摑んでいる手は、はっきりと判るほど震えている。だが武巳は何もしてやれない。呆然と、呟くしか無い。

「どうしよう……」

今の武巳は、壊れてどうしようもなくなった機械を前に、為す術を知らない人間だった。

見ているこっちがおかしくなりそうな光景を前に、武巳は自分の意志を保つという、たったそれだけの事に、必死だった。せめて逃げ出すか、それとも意識を放棄すれば、どれだけ楽だろう。そんな事を頭の端で考える。何もできない。稜子を見る。だが稜子は『分からない』といった様子で、涙目になって、かぶりを振る。

「……で、出よう。とにかく、ここは出よう……」

「…………!!」

辛うじて武巳が言うと、稜子は必死の形相で、何度も頷いた。

武巳も応えて頷く。冷静に見えるかも知れないが、実際は混乱し尽くして、普通の思考が停止していた。顔が強張っているのが自分で判ったが、表情が動かせない。冷静なのでは無く、どんな表情もできない状態なのだ。

その目の前には、

「幸せだよ！　幸せだよ！」

と二つのベッドの間にしゃがみ込み、多絵がけたたましく叫んでいる。

怖くて堪《たま》らないが、置いて行く訳にはいかない。武巳は稜子を引きずるように伴って、それに近付き、立たせようとして腕を掴んだ。

しがみ付く稜子が邪魔だったが、完全に死んでいる判断力は、離れてもらうという行動も思い付かなかった。この青い部屋の異常さに、思考も、判断も、感覚も、常識も、理性も、感情も、冷静も、一つ残らず機能せず、麻酔にかかったように麻痺していた。

青白い視界が脳に浸透するように、思考と現実感が蒼く鈍麻していた。

自分が影絵のようだ。ただここから出なければと、それだけが頭を支配していた。

掴んだ多絵の腕を引く。だが引いたくらいでは、多絵は立ち上がらなかった。やむなく背後から、脇に腕を差し込む。そうやって引き起こそうとして力を入れたが、弛緩している多絵の重さと稜子の重さをまとめて支え切れず、腕がすっぽ抜けて、背後にあるベッドの上に倒れ込んだ。

「うわ！」

稜子と一緒だったが、意識する余裕は無かった。

麻痺していた。お互い倒れ込んだまま、動かなかった。

いや、動かないのでは無く――――動けなかった。気付いた。倒れ込んだ瞬間、投げ出された二人の足。その足首を――――ベッドの下から誰かの手が、異様な感触をもって、掴んでいた。

「…………………」

二人、顔を見合わせていた。

強張った表情。恐怖の感情は、残っていた。

動けない。確認もできない。下が、足が、見られなかった。見れば恐ろしい事になるに、決まっていた。

息が止まっている。

凍り付いている。

しっかりと足首を摑んだ、冷たい小さな手の感触。

「〝そうじさま〟！　〝そうじさま〟！」

多絵が叫ぶ。

その叫び声が、何だか様子を変えたような気がして——それから何かを教えているような気がして——武巳はふと、ベッドの上へ、視線を上げた。目を上に動かし、ベッドの端に目をやった。そして——武巳は、絶叫した。

武巳達の頭の上、そのベッドの下から——

目隠しをした男の子の頭が、にんまりと笑って、覗いていた。

絶叫した。

武巳は絶叫した。稜子もそれに気付き、恐怖の叫びを上げた。

武巳が叫ぶと同時に、その男の子の頭が、どろどろに融解する。それは髪も鼻も口も、何もかもが形を失い、溶け崩れて、生々しい肉の塊になった。

その白い塊の、あらぬ場所に、歯の並んだ口が開く。

そしてそこから、笑い声が出た。

子供の、けたたましい笑い声が。

異形の口から溢れ出して、それが耳から、正気を削った。


「────────っ!!」


武巳は叫んだ。その肉の塊には、憶えがあった。

それは、〝できそこない〟だった。

知っている。『異界』に捕らわれ、自らの形を失ってしまった哀れな畸形《きけい》だ。

それは武巳が知る最初の異常事件の時、二度に亘《わた》って武巳が遭遇する事になった、あの〝できそこない〟だった。

夜闇の中で、稜子の腕を摑み、武巳の前に現れた〝あれ〟だ。

それに気付いた時、武巳はようやく悟った。

自分だった。〝そうじさま〟の感染源は────自分だったのだ。

武巳はあの時〝感染〟していたのだ。原因は月子ではない。月子の〈儀式〉を介して、月子からではなく、武巳から彼女達に、〝感染〟したのだ。

あの〈儀式〉によって、武巳の中の〝あれ〟が活性化したのだ。

月子の〈儀式〉によって、〝そうじさま〟という明確な形を与えられて、形を失くしたモノが、蘇《よみがえ》ったのだ。

肉塊は嬉しそうに、けたけたと笑った。

液体と男児の、ない混ぜの姿で。ここは〝そうじさま〟の部屋。とうとう〝彼〟は、還って来たのだ。


「ああああああああああああああ!!」


武巳は叫ぶ。

視界の端で、木のドアが音を立てて閉まった。

「〝そうじさま〟！　〝そうじさま〟！　〝そうじさま〟！　〝そうじさま〟！」

多絵が、高らかに叫んだ。

もはや誰が叫んでいるのかも判らない。甲高い悲鳴と笑い声が、そして壊れたような叫び声が、耳の中と頭の中と世界を支配して、発狂した玩具箱のような恐るべき狂乱が、蒼い部屋を満たし尽くした。

＊

空目とあやめが、足早に応接間に戻って来た。

「……居たか？」

「いや」

俊也が尋ねると、空目は首を振って、小さく眉を寄せた。

あれからすぐ、空目の家に戻って来た。だが俊也達が空目の家に辿り着いた時、武巳と稜子は、すでにどこにも居なかった。

慌てて全員で探したが、二人の姿はおろか、家の外に出た形跡すら見当たらなかった。靴も残されたまま。忽然《こつぜん》と二人は、家の中から姿を消していた。

それはまるで、〝神隠し〟にあったかのようだった。

やがて亜紀も戻って来たが、その表情だけで結果は見て取れた。

やはり、亜紀も首を振った。

「居ないか……」

「これは……もしかしたら、まずいかも」

呻く俊也に、亜紀が緊張の表情で、そう言った。

「……ああ、まずいな」

俊也も頷く。この状況で居なくなっているという事は、最悪のケースも考えられた。手詰まりだった。嫌な沈黙が応接間に広がった。亜紀が、強く唇を噛む。空目は表面的には無表情だったが、その鋭く細められた目に、微かにもどかしげな色があった。

家の中に強い〝匂い〟が充満し、嗅覚が役に立たないのだと。

空目は、何かを考えていた。

そして顔を上げると、歯噛みする一同へ向けて、言った。


「もし〝そうじさま〟が想二と同じものなら──あそこかも知れん」


その言葉に、俊也も亜紀も色めき立った。

「どういう事？」

そう言った亜紀には答えず、空目は目線で二人を促した。

先に立って、空目は部屋を出る。それに続くと、廊下を通り、階段を上がって行く。

四人の重みに、階段は小さく軋んだ。そうやって階段を上がりながら、空目は静かな声で、言った。

「……もしも本当に想二なら、あれは〝神隠し〟だ」

「！」

唐突なその台詞に、俊也は息を呑む。

「もしここに満ちている〝香り〟が想二のもので、それが示しているように、想二があやめと〝同族〟ならば、今の想二は〝神隠し〟だ」

空目は、淡々と言う。

「それは……」

「俺と想二が連れて行かれた『異界』は、あやめの属する『異界』と同じものだ」

恐ろしく冷静な口調で、空目は言葉を続けた。

「だとすれば、想二はあやめと同じ〝物語〟を持っている」

「…………」

「あやめの〝物語〟は、神隠しに攫われた者は神隠しとなる、というものだ。あやめの神隠しとしての出自が、それを示している。目隠しをされて、何処かへと攫われ、あやめは今ここにいる。同じように目隠しをされて攫われた想二は『異界』に呑み込まれて、戻って来る事は無かった」

空目の話を、俊也は呆然と聞く。

「そして——想二が戻って来る場所があるなら、ここしかない」

空目は、二階の廊下を、進む。

そうして一つの、ドアの前に立つ。

ドアには色褪せたプレートが、かけられている。『こどもべや』と書かれていた。

「〝魔女〟の言った事を、ずっと考えていた。想二が消えた日から、ここはずっと開かずの間だ。俺も入るのを禁止された」

俊也は、その部屋を知っていた。

そこは空目兄弟の、昔の子供部屋だった。

中は俊也も見た事が無い。空目の母親が部屋をそのままにしていた。

おそらく――――いつか想二が帰って来た時のために。

ドアは開かないようになっている。鍵がかけられ、その鍵は、この家には無い。

「鍵は母親が持って行ってしまった」

空目は、その俊也の記憶を肯定した。

「使う事も無いから、そのまま放置されている。俺ももう、中を知らない。この家で唯一、想二のために残されている場所だ」

空目は言う。

そして、

「……開けてみたい。壊せるか？」

俊也を見た。

ドアを眺めて、俊也は頷いた。

「分かった」

そうは言ったが、この家は、その辺の安普請とは訳が違う。

「工具は階段下だったか？」

「分からん。工具など碌に出した事が無い」

子供の頃の俊也の記憶の方が確かだった。俊也は階段下の物置から、バールと工具箱を出して来る。

「……よし」

「ちょっと待て」

構えたところで、空目が言った。

「……？」

俊也が手を止めると、空目はあやめに目配せした。

あやめが黙って頷いた。あやめが、すう、とその胸に、大きく息を吸い込んだ。

*

鼓膜を揺るがし、頭蓋骨まで響くほどの狂騒の中、武巳は突然、全ての感覚を失った。

目を瞑《つむ》っても見えるほどの蒼い光は突如暗闇となり、一切の光が視界から失われた。脳を揺さぶる凶音は、その瞬間を境に一瞬にして耳鳴りがするほどの静寂に切り替わった。平衡感覚を失い、身体が投げ出されたようになり、自分の居る場所が、判らなくなった。

世界から、自分が断ち切られたかのような感覚。

死んだ。そう思った。

ただ、どこからか、詩のようなものを、武巳は聞いていた。

凜、と澄んだ、そのどこか懐かしい声は、限りなく透明で、心を、魂を、世界を、分解するように――――響いていた。

闇の中で、武巳はそれを聴いていた。

――――夢の国の門を叩こう、親を失くした子の国の。

君の国の門を叩こう、家を失くした子の国の。

里子の里は何処に在りや、

それは旧《ふる》き心の中に。

捨子の里は何処に在りや、

それは彼方の地の夢に。

月はあまねく地を見下ろし、地の民は皆同じ月を仰ぐ。

朝露と共に夢は融けて、境を解かすは心の灯。

彼方に橋を、此方《こなた》に道を。

私はこの身を呼び水と為し、血脈の川をこの地に呼ぼう——


いつの間にか、詩は終わっていた。

武巳は、自分が横になっている事に、気が付いた。

そこは暖かかった。暗く、しかし生き物のように息づく、そこは闇だった。

「…………」

武巳は、うっすらと目を開けた。

最初に目に入ったのは、薄暗がりに広がる、あの子供部屋の壁だった。

あの子供部屋の中に、まだ武巳は居たのだった。呆然と、武巳はそれを眺めた。

ただ、色がまるで違っていた。

電気の無いその部屋は灰色で、何ら奇怪な所など無い色調だった。狂的な美しさを持っていたあの大窓には厚いカーテンが引かれ、外からの明かりなどは僅かも無かった。空気は埃っぽい匂いがした。埃っぽい、古い布団の匂いだ。

「…………」

武巳は、ベッドの上に転がっていた。

状況が掴めず、ぼんやりと少しだけ、身を起こした。

最初に気付いたのは、武巳に寄り添うようにして眠っている稜子の体だった。

触れている部分から体温が伝わって来る。何があったのか判らず、武巳は身を起こすと、呆然とした頭で周りを見回した。

そこで目に入ったのは、入口に立つ皆の姿だった。

「…………へ？」

武巳は、不思議に思う。

何故かドアがバールでこじ開けられ、そこに俊也が立っていた。

そして部屋の中では空目が、鋭い視線を武巳へと向けていた。その横にはあやめが、静かに呼吸を整えていた。

「え」

状況が、理解できない。

首を巡らすと、多絵が座り込んでいた。目隠しは外されて亜紀の手に渡っていて、そうして多絵は、泣きじゃくっていた。その様子を亜紀が脇に立ち、見下ろしていた。それを見て、ようやく武巳は自分の状況を思い出した。

「おれ――――どうなったんだ？」

武巳は言った。

しかし、その武巳の問いには、誰も答えなかった。

沈黙に戸惑って、武巳は自分を囲む面々を見る。するとようやく、空目が武巳を見据えて、口を開いた。

「俺達はあやめの存在を呼び水に使って、『異界』に通じさせたドアを破った」

空目は言った。

「するとお前達三人が、この部屋に居た。中で何があったかは知らんし、鍵が失くなった開かずの部屋に、どうやって入ったかも知らん。詳しくはこっちが聞きたい」

そう言って、空目は腕を組んだ。武巳は何から説明していいのか判らず、ただ空目を見上げるばかりだった。

沈黙の中、武巳はただ部屋に流れる泣き声を聞いていた。

多絵の泣き声だ。

多絵は、床で泣きじゃくっている。

あの異常だった多絵は、どこかへ行っている。

「……助かったんだ」

やっとそれを認識して、武巳は、ほっと小さく、胸を撫《な》で下《お》ろした。自分だけではない。多絵も助かったのだ。あのままだったらどうしようかと、今更ながら、そう思ってしまった。あの時の多絵は、明らかに正気を失っていた。それではあまりにも、救いが無かった。

「————よ」

多絵は泣きながら、何かを呟いていた。

武巳は耳を澄まして、不明瞭なその言葉を聞き取った。

「————月子さんが見えないよ…………」

多絵はそう言って、泣いていた。

安心したはずの胸の中に重いものが湧いた。これ以上ないほどに幸せそうな、あの多絵の表情が、脳裏に蘇った。あまりにも歪《いびつ》だったあの表情の記憶が、武巳の胸の中に寒々しい感触を呼び覚ました。

「目隠しがないと、月子さんが見えない……」

多絵はか細い声で、訴えた。

「目隠しを返して……」

多絵は何度もそう言ったが、多絵からそれを外した亜紀は、応じなかった。

一体、目隠しの多絵はどんなものを見ていたのだろうか。

多絵の目隠しの中には、本当に月子が居たのだろうか。

目隠しの中にしか存在しない月子の存在を思って、武巳はうそ寒い気分になった。あのままでいればどうなったのかと、武巳は嫌な想像を巡らせた。

「返して……」

「駄目」

多絵の訴えを、亜紀は撥ね付ける。

「あんたは目隠ししたまま、一生ずっと生きて行くつもり？」

亜紀の言葉には、強い険があった。

「そんな事できる訳ないじゃない。馬鹿じゃないの？　あんたには目があるんでしょうが。見えるものは見えるに決まってる！」

「うう……」

「目隠しなんか役に立たない！」

そう言って、亜紀は目隠しを丸め、握り込んだ。

多絵は俯いたまま、泣き続けた。

しばし、沈黙と嗚き声が続いて、やがて多絵の泣き声は小さくなっていった。そして多絵はゆっくりと顔を上げた。武巳は少し、安堵した。正気に返ってくれたなら、これ以上の事は無かった。

だが――

「――じゃあ、こんなもの要らない」

ぶちゅ、と湿った音がした。

多絵は顔を上げて目に両手をやると、自分の両目に深く指を抉《えぐ》り込ませた。

細い指が目蓋をめくり上げ、その中の肉色の眼窩《がんか》に捻じ込まれて、白いつややかな眼球が指によって押し出された。眼球はひどくあっさりと目からはみ出し、次の瞬間真っ赤な血が、溢れ出した。

「ぎゃあ――――――――――――っ！」

多絵の喉から、恐ろしい悲鳴が溢れ出した。

「…………！」

あまりの事に、誰もが言葉を失った。

皆が凍り付いたその中で、空目だけがひどく冷静な顔で、携帯を取り出した。

そして全てが、終わりを告げた。

終章　かみかくしいろ

雪村月子が飛び降り自殺し、そして寮の窓に赤い落書きがされてから、数日。

窓の落書きもすっかり消された頃、聖創学院大付属学校ではこんな噂《うわさ》があった。

最近、とある遊びが、密かなブームなのだという。

それは〝そうじさま〟というコックリさんの変種だった。

曰《いわ》く、〝そうじさま〟は、学校の事なら何でも答えてくれる。

それは必ず五人で行い、それぞれ〝そうじさま〟の両手、両足、頭を象徴している。

曰く、〝そうじさま〟は、この学校の守護霊で、小さな男の子の霊なのだという。

その男の子は昔、何者かに誘拐されたのだそうだ。

男の子は目隠しをされて攫われ、そのまま殺されて、両手、両足、そして頭と、バラバラに切断された。死体は学校のある羽間の山に棄てられ、今も見付かっていないのだそうだ。そして男の子の霊は、この学校に棲み付いているのだという。霊感のある子は、学校を走り回る目隠しをした男の子の霊が見えるそうだ。

男の子は生前、赤いクレヨンが好きだった。

だからこの〝そうじさま〟は、十円玉でも鉛筆でもなく、必ず赤いクレヨンで行う。

男の子はベッドの下に潜るのも好きだったので、儀式に使った赤いクレヨンをベッドの下に置いてはいけない。

そうすると、ベッドの下に、男の子の霊がやって来てしまう。


こんな噂もある。

〝そうじさま〟は、本当に居る。

先日自殺した雪村月子さんは、女子寮で嫌われていた。

寮でいじめに遭って、月子さんは自殺する事にした。その前に月子さんは〝そうじさま〟を行い、自分をいじめた寮に呪いをかけた。

そして月子さんが自殺して三日後、〝そうじさま〟の呪いで寮の全ての窓に赤いクレヨンで落書きがされた。月子さんが寮ではなくいじめた人に呪いをかけていたら、その人達は皆死んでいただろう。


こんな噂もある。

最近、鏡の中に変なものが映る事があるのだそうだ。

例えば教室で鏡を見ていると、居もしない男の子の姿が映る事があるのだという。


こんな噂もある。

最近、寮のベッドの下に何かが居る。


こんな噂もある。

最近……

＊

あの悪夢の夜から、一日経った。

その日、武巳達は芳賀に呼ばれて、学校の会議室で事情を説明する事になった。

放課後に武巳達は集まり、やって来た芳賀に今までの事を説明した。それではまるで芳賀が保護者のように聞こえるが、実際には武巳達を見逃してもらう交換条件だ。

皆は、集まった。

そしてまず、芳賀が話をした。

救急車で運ばれて行った、多絵の事だった。あれから多絵は手術が行われ、今も入院中なのだという。

「……目は、駄目なようですね」

芳賀はそう言った。

多絵の指は眼球を完全に傷付け、もはや使い物にならなかったそうだ。

それはそうだろう、と武巳は思った。今でもあの瞬間は思い出せる。あの湿った音、はみ出した眼球、溢《あふ》れる血、多絵の絶叫。

忘れられるのもでは無かった。

あの時に稜子が眠っていて本当に良かったと、武巳は思っていた。あれを稜子が見ていたらどれだけのショックを受けただろう。それは想像するに余りあった。

ただ、多絵は目を失った代わりに、得たものがあったのだそうだ。

芳賀が多絵の様子を見に行った時――――多絵は、見る影も無いほど明るい少女になっていたのだという。

満面に笑顔を浮かべ、以前のような消え入りそうなものではなく、とても大きな声で、はっきりとものを話していたのだそうだ。しかし残念ながら、その話す内容は意味不明で、全く正気とは認められなかったらしい。

「……古代において神に仕える司祭は、幽世を覗くために片目を潰したと言われている」

空目はそれを聞いた時に、そう言った。

「見えないものを見るために、逆に目を潰したそうだ。残された目は現世を見、失われた目は異界を見た。両の目を潰した森居は、何を見ているのだろうな……」

空目は思案げに、そう言ったあと沈黙した。

多絵は自らの目を抉って、真の意味での目隠しを、自分に施したのだ。多絵は精神病院への入院が決まった。

「……さて」

芳賀の話はそれで終わり、話は武巳達の番になった。

まず空目が、今回起こった事を概要だけ、芳賀に説明した。

詳しく話をするつもりは無かった。結局、武巳達は、あの二人をどちらも救えなかった。多絵は、今聞いた通り。久美子は、あれから行方も知れなかった。

そんな結果を説明するのも嫌だった。

しかし空目と違って、武巳は特に詳しく事情を聞かれる事になった。

空目達がドアを破った時、あの部屋は何の異常も無い、単なる子供部屋だったという。そんな訳で〝そうじさま〟を目撃し、かつあの部屋にあった『異界』を見聞きしたのは、武巳と稜子だけだったのだ。

ドアを破った瞬間、家中に広がっていた『異界』の匂いは、一瞬にして消え去った。

その残滓すら、そこには無かったのだという。

しかも稜子は失神していて、かなり記憶があやふやになっていた。武巳の記憶が、唯一に近い証言だった。

「…………えーと……」

武巳は覚えている事を、皆に話した。

自分の見た〝そうじさま〟の事、多絵を見付けた時の事、あの『異界』の景色の事、狂った多絵の、話す様子。

昨日のうちに武巳は皆に話をし、〝鈴〟については伏せる事になった。芳賀に対して切り札になる、そんな可能性もあったからだった。

それ以外の事は、話した。

怪異である〝そうじさま〟と接触しながら戻って来た武巳は、〝特別〟である空目によって助けられたのだと、とりあえずは解釈された。

それは間違ってはいない。だが、武巳は皆にも言っていない事が、一つあった。

それは――――月子ではなく、武巳が最初に〝そうじさま〟に〝感染〟していたかも知れないという可能性、それへの確信だった。

怖かった。誰にも話せなかった。

怪奇現象以前に、稜子のように〝機関〟によって記憶が消されるのが怖かったのだ。

稜子は以前の処置の後、恐ろしいほど、その間にあった事を忘れていた。同じようになるのが、怖かった。

武巳は黙っていた。

空目達は、そんな事には気付かず、話を進めていた。

「――――なるほど、大体話は判りました」

話が一通り終わると、芳賀はそう言った。

「今回の事件は何者かが想二君の話を元に〈儀式〉を製作、それが参加者の〝異障親和性〟を活性化させたと、調査結果はそんなところで宜《よろ》しいですか？」

芳賀の確認に、空目は無表情に頷いた。

空目にとっては、あまり面白い話では無いのだろう。頷く空目の表情は、ほんの僅かにだが不愉快そうな様子が見えた。話さなかった事も山ほどあった。しかし芳賀も、特に気にしている風では無かった。

「判りました。ご苦労様です」

芳賀は言って、立ち上がった。

話は終わりだ。だがそこで、ふと思い出したように、空目へと目を向けた。

「……そう言えば、〝我々〟も調べたのですがね」

芳賀は言った。

「あれから雪村さんについて調べていたのですが、雪村さんが一年生の時に〝コックリさん〟に取り憑かれたという話はご存知ですか？」

「知っている」

芳賀の問いに、空目は頷いた。

「その時に霊能者に頼んだ事も？」

「ああ」

「では、その霊能者が誰かは、知りませんか？」

「……」

そこで、空目は初めて眉を寄せた。

「…………いや、知らん」

「そうですか」

芳賀は少し落胆したような、表情を見せた。

「どうした？」

「いえね、この霊能者が誰か、全く判らないのですよ。本当ならその霊能者の危険性までをも判定する必要があるのですが、判らないのでは、どうも」

そう、芳賀は言った。どんな情報でも調べ上げる〝機関〟だと思っていたので、武巳は正直意外に思った。

「そうだ、こちらも聞いておきましょう」

そして思い直したように、鞄を取り出した。

「雪村さんに、その謎の霊能者を紹介した人物は判っているのですがね、その人物が最近行方を眩《くら》ましたのです。憶えはありませんか？」

芳賀は資料を出した。

その個人資料にある名前と写真を見て、武巳はぎょっとした。


『十叶詠子』


資料にはその名が書かれていて、それにはあまり映りの良くない、詠子の写真が添付されていた。

芳賀は、空目に資料を差し出した。

空目は受け取って、無表情にそれを一瞥《いちべつ》した。その表情には何の色も見えなかった。

「どうです？　ご存知ありませんか？」

芳賀が、訊ねる。

それに対して、空目はきっぱりと答えた。

「――知らんな」

そう言って空目は、資料を芳賀に差し戻した。

＊

その日、羽間市のとある十字路に、チョークで白い円が描かれていた。
そしてその中央には、目隠しをした小さな人形が、ひとつ、打ち捨てられていた。

＜初出＞

本書は2002年６月、電撃文庫より刊行された『Missing 5 目隠しの物語』を加筆・修正したものです。

メディアワークス文庫
Missing《ミッシング》5
目隠《めかく》しの物語《ものがたり》

甲《こう》田《だ》学《がく》人《と》

2021年2月25日　初版発行
2024年12月10日　再版発行

発行者　山下直久
発行　株式会社**KADOKAWA**
〒102－8177　東京都千代田区富士見2－13－3
0570-002-301（ナビダイヤル）
装丁者　渡辺宏一（有限会社ニイナナニイゴオ）
印刷　株式会社KADOKAWA
製本　株式会社KADOKAWA

●お問い合わせ
https://www.kadokawa.co.jp/（「お問い合わせ」へお進みください）
※内容によっては、お答えできない場合があります。
※サポートは日本国内のみとさせていただきます。
※Japanese text only

※定価はカバーに表示してあります。

Printed in Japan
ISBN978-4-04-913638-8 C0193

メディアワークス文庫　https://mwbunko.com/

本書に対するご意見、ご感想をお寄せください。
あて先
〒102-8177　東京都千代田区富士見2-13-3
メディアワークス文庫編集部
「甲田学人先生」係

第26回電撃小説大賞《選考委員奨励賞》受賞作

そして、遺骸《ゆいがい》が嘶《いなな》く ―死者たちの手紙―

酒場御行

戦死兵の記憶を届ける彼を、人は“死神”と忌み嫌った。

『今日は何人撃ち殺した、キャスケット』

統合歴六四二年、クゼの丘。一万五千人以上を犠牲に、ペリドット国は森鉄戦争に勝利した。そして終戦から二年、狙撃兵・キャスケットは陸軍遺品返還部の一人として、兵士たちの最期の言伝を届ける任務を担っていた。遺族等に出会う度、キャスケットは静かに思い返す――死んでいった友を、仲間を、家族を。

戦死した兵士たちの“最期の慟哭”を届ける任務の果て、キャスケットは自身の過去に隠された真実を知る。

第26回電撃小説大賞で選考会に波紋を広げ、《選考委員奨励賞》を受賞した話題の衝撃作！

メディアワークス文庫